Para Ana (de tu muerto)

Bestseller Internacional

Nuria Roca y Juan del Val

Para Ana (de tu muerto)

ESPASA

El papel utilizado para la impresión de este libro es cien por cien libre de cloro y está calificado como **papel ecológico**.

Paseo de Recoletos, 4. 28001 Madrid (España)
www.espasa.com
www.planetadelibros.com

Diseño e ilustración de la cubierta: más!gráfica
Fotografía de los autores: © JAS - WWW.SANCHEZDAFOS.COM
Primera edición en Colección Booket: mayo de 2012

Depósito legal: B. 11.180-2012
ISBN: 978-84-670-0697-1
Impresión y encuadernación: Liberdúplex, S. L.
Printed in Spain - Impreso en España

Nuria Roca Granell (Montcada, Valencia, 1972) es presentadora de televisión desde 1993. Ha hecho programas para TVE, Antena 3, Telecinco y Cuatro, y ha participado en distintos espacios en COPE, M80 y Cadena Dial. En 2007 publicó *Sexualmente* y en 2009 *Los caracoles no saben que son caracoles*, ambos en Espasa.

Juan del Val Pérez (Madrid, 1970) ha trabajado siempre detrás de las cámaras como redactor, guionista, productor y director de programas. *Para Ana (de tu muerto)* es su primera novela.

Para Olivia

No puedo ver mi maleta entre la gente que se agolpa alrededor de la cinta número cuatro. Es una maleta de lona gris de tamaño mediano que no cabe en la cabina de los aviones. La compré en un viaje que hice a Nueva York hace un par de años y ya sabía yo que iba a ser demasiado grande para no tener que facturarla. Le insistí a la dependienta, pero me aseguró que era de un tamaño homologado por la normativa internacional de aviación como equipaje de mano. Suelo creer a la gente que dice las cosas con tanta seguridad. Lo he intentado tres veces en tres vuelos distintos, pero nunca me han permitido que mi maleta de lona gris viaje a mi lado.

La gente ha formado tres filas alrededor de la cinta esperando las maletas, que ya llevan un rato saliendo. Los carros chocan unos con otros sin dejar espacio. Hay familias enteras, niños que juegan a pillarse entre las piernas de los mayores, parejas de novios, matrimonios de todas las edades, un grupo de estudiantes que hablan muy alto y otro de una decena de chicas adolescentes uniformadas con chándal que, por su estatura, deben de ser de algún equipo de baloncesto, supongo. El resto somos gente suelta.

No veo nada especial en nadie, detalles mínimos que me tienen un rato entretenida, pero que no me producen ninguna emoción. Llevo demasiado tiempo sin emocionarme. Hay un chico con cazadora de cuero que tiene una cara muy pequeña, muy poco espacio para que quepan allí dos ojos, una nariz y una boca. Creo que el truco está en tener muy poca barbilla y una frente mínima. Las chicas del equipo de baloncesto tienen las caderas muy anchas y casi todas son rubias, con coleta y sin nada de maquillaje. Los niños siguen jugando al límite entre los carros y los mayores los miramos con un agrado forzado y una sonrisa de compromiso. Me fijo en todo y en nada, en todos y en nadie. Me dan igual. Así estoy desde que supe que tenía que volver a Asturias.

En las cintas de los aeropuertos siempre creemos que nuestra maleta no va a salir. Todo el mundo tiene esa sensación mientras espera. Parecemos confiados, pero no. Cuando alguien coge la suya de la cinta a mí me da rabia. No sé por qué ésta sale antes si yo facturé primero. Claro, será por eso. El caso es que la mía no aparece, y el mismo tipo de antes al que su mujer espera al lado del carrito ya ha cogido la segunda y se marcha por delante del resto con altivez, como si su suerte tuviera algún mérito. En la cinta número cuatro del aeropuerto de Asturias quedamos cada vez menos gente. Ni rastro de los estudiantes gritones, ni de las chicas en chándal, ni de las familias con niños. Sin ellos, el ruido de la cinta tiene ahora todo el protagonismo.

Hace cinco años que no vengo a Asturias y, a pesar de lo que me temía, no tengo ningún sentimiento especial.

Ya me saldrá. El chico de la cara pequeña me dice adiós. Me doy cuenta de que él es el último en coger su maleta. Me he quedado sola y la cinta acaba de pararse.

—Perdone, vengo de Madrid y creo que se ha perdido mi maleta.

—¿Me dice su nombre?

—Ana Santos Marín.

—¿Podría describirla?

—Pues es una maleta gris de lona.

—¿Grande o pequeña?

—No sé. Normal.

—Así que gris y normal. ¡Vaya!

Tengo cinco manuscritos que leer de otros tantos autores nuevos de tres agentes distintas. Como siempre, me los han recomendado con un «échale un vistazo a esto, que te va a sorprender». Soy editora y buena parte de mi trabajo consiste en leer. Lo hago de forma casi compulsiva desde que era niña y de mayor se ha convertido en mi forma de vida.

No me caen bien los escritores. Y las escritoras tampoco. Me pasa después de conocer a muchos. Hombres o mujeres, con enorme o ningún talento, de éxito o fracasados, premiados o malditos. Da igual. Todos los escritores son mentira por mucha verdad que cuenten.

Todo está igual desde la última vez. No veo cambios, salvo el letrero luminoso con palmeras que han puesto en el bar de la entrada al pueblo. Aunque se sigue llamando Oasis, como muchos bares de muchos pueblos. Cualquier escritor diría que el tiempo se ha detenido en estos cinco años y que el pueblo tiene el mismo olor de siempre. Los escritores tienen la manía de ponerle olor a todo. Está nublado, pero no creo que vaya a llover de momento. Las calles están desiertas e intuyo que casi todo el mundo estará en casa de mis suegros velando el cadáver de Carlos. Ellos han querido que el ataúd de su hijo pase por la casa donde nació antes de partir hacia el cementerio.

Al principio de la calle hay algunos periodistas que están esperando por si sucede algo. Carlos no había tenido demasiado éxito con sus últimas novelas, pero seguía siendo un escritor con cierta fama. La gente conocía su nombre, aunque a los escritores no se les suele reconocer por la calle por mucho éxito que tengan. Si no hubiera sido por la forma en la que ha muerto, no habría ocupado más que un par de páginas en la sección de Cultura de los diarios. Ahora también aparece en las de sucesos y en los programas de televisión.

Carlos era mi ex. Lo era desde hace cinco años, los mismos que llevo yo sin venir a este pueblo que a mí no me huele a nada. Carlos es el padre de mi hijo, que también se llama Carlos y que, como su padre, también quiere ser escritor.

Han sacado la cama de la habitación de mis suegros para meter una mesa metálica sobre la que reposa el ataúd de Carlos. Dolores y Marcelino están en la puerta, recibiendo pésames. Apenas han cambiado desde la última vez que los vi.

—¡Hola, hija!

—¡Hola, Dolores!

—¿Ha venido el niño?

—No, ya sabes. Está muy mal. Dice que os llamará pronto.

—¡Debería haber venido! —interrumpe mi suegro.

—¡Hola, Marcelino! ¿Cómo estás?

—¿Has hablado con los periodistas? Me cuentan que están diciendo cosas muy feas por la tele.

Carlos siempre empezaba sus novelas con alguna muerte. En un entierro, en un funeral o en un velatorio. En Tierra, el grupo editorial en el que siempre publicó, le reprocharon en su primera época que el principio de sus novelas se parecía mucho entre sí y que eso podía despistar a los lectores. Él defendió su idea y, con el tiempo, lo convirtió en un sello de autor. Carlos decía que la muerte era el inicio de todas las cosas importantes.

Al verle muerto, tumbado en el ataúd abierto, me pongo nerviosa. Tiene el rostro inflamado. Una tela blanca cubre su cuerpo y su cabeza, y deja a la vista sólo su rostro, que se me antoja gordo y blando. Los agujeros de su nariz son enormes: dos círculos negros que contrastan con el color crema muy clarito de su cara. Mirarle muerto me revuelve un poco el estómago.

Carlos ha sido el hombre más importante de mi vida. Tengo que reconocerlo, aunque ésa sea la mayor evidencia de que la mía no ha sido una vida normal.

Cada día me levanto porque tengo que hacerlo. Soy una mujer guapa, todavía me meto en unos vaqueros ajustados y por detrás podría parecer una novia de mi hijo. El mérito no es tanto mío como del tabaco, que no da tregua a mi organismo para que engorde. Como bastante y a deshoras y fumo mucho todo el tiempo. Un día de éstos lo dejaré. Tengo las arrugas normales para mi edad, el pelo oscuro y rizado y los ojos verdes. Gusto a los hombres mucho más de lo que me gustan ellos a mí, por lo menos en los últimos tiempos, en los que no veo a nadie que me interese. Hace dos años y tres meses que no estoy con nadie. En ningún sentido. Me acuerdo de la fecha porque fue el día de mi cumpleaños. Ésa fue la última vez que me acosté con Juan, el último novio que tuve, que después de seis meses de relación tuvo el pésimo gusto de dejarme al día siguiente de mi cumpleaños: con cuarenta y tres años y un día.

Verme por la tele me da una vergüenza horrible. Están poniendo las imágenes que grabaron en la puerta del cementerio antes de meterme en el taxi que me devolvería al aeropuerto. Menos mal que llevo gafas oscuras y casi no se me reconoce.

—¿Cómo se encuentra? ¿Se sabe ya algo de cómo murió Carlos Pacheco? ¿Qué ha dicho la policía? ¿Estaba usted con él cuando sucedió? ¿Se ha descartado por completo el asesinato…?

Llevan horas hablando de la vida de Carlos en todos los programas de tarde. En todos quieren averiguar las circunstancias de la muerte de un escritor de prestigio, al que la mayoría de los que hablan en estos programas posiblemente nunca leyó. Dicen que hasta que no esté el informe de la autopsia no hay que descartar ninguna hipótesis.

El escritor Carlos Pacheco no se llamaba en realidad Pacheco de apellido, sino Pérez de primero y Pérez de segundo. Desde la universidad empezó a firmar todo lo que escribía como Carlos Pacheco, que a mí siempre me pareció un seudónimo muy modesto para ser inventado. A mi hijo tampoco le gusta el Pérez, pero no quiere repetir el seudónimo de su padre. Dice que cuando publique firmará con su segundo apellido: Carlos Santos.

En uno de los programas están diciendo que Carlos llevaba unos meses viviendo con un nuevo compañero. No me lo creo. En estos programas cada colaborador se inventa una cosa nueva para llenar tiempo de tertulia. Mis últimas noticias eran que su última pareja había sido una mujer, una chica que fue su agente hace algunos años. Se llama Marta y es muy guapa. Me extraña que viviera con un hombre porque las parejas con las que Carlos convivió siempre fuimos mujeres. También tenía sexo con hombres, pero nunca vivió con ninguno.

Hoy he quedado a comer con mi hijo. Desde hace meses está viviendo en el centro, en casa de su novia de tetas operadas y mayor que él. Yoli, se llama. Desde que se fue, no le veo más que una vez por semana. Carlos tiene veinticuatro años, aunque a la gente le parece que tiene más. A mí no. Yo sé que tiene los que tiene.

Me encanta Madrid cuando hace sol y hoy hace sol. Es un buen día para volver al trabajo después de una semana en la que no me he levantado apenas del sofá. Tengo la mesa llena de papeles, ciento tres mails sin leer y una reunión con mi jefa dentro de un rato en la que habrá malas noticias.

Desde mi mesa oigo cómo alguien pronuncia mi nombre en la puerta. Una compañera guía a la voz hasta detrás de mi panel. Yo no tengo despacho, tengo panel. Una especie de biombo tras el que se esconde mi mesa. La voz que pregunta por mí es la del portero del edificio de la editorial.

—¿Doña Ana?

—Hola, Manolo.

—Le traigo esto que ha dejado un mensajero esta mañana.

—¡Por fin! ¡Mi maleta!

—Y tome también el correo que tenía usted acumulado.

Los números no van bien en la editorial. La mayoría de libros no cumplen las expectativas de ventas y desde hace meses vivimos todos aquí con la incertidumbre de perder nuestro trabajo. Nunca he entendido del todo el negocio editorial. Me pierdo en los números, en la rentabilidad de este libro o el otro, en los balances, en las cuentas, en las previsiones.

Yo estudié periodismo, aunque no llegué a terminarlo. Cuando estaba en tercero, empecé a trabajar como becaria en un par de revistas de tendencias que ya no existen y de allí pasé a Ediciones Frates, un sello del Grupo Tierra cuyo autor estrella era en aquel entonces Carlos Pacheco. Después de pasar por cuatro editoriales más del Grupo Tierra me fui de allí y ahora llevo en Uriarte casi cinco años.

Luisa es mi jefa, y tal y como suponía me acaba de decir que es imposible apostar por un autor desconocido al que yo quería publicar. Me lo pasó una agente de Barcelona y su novela es lo mejor que he leído en años. Le falta vocabulario y le sobra optimismo, pero lo que ha escrito rebosa talento. No es lo único que me ha dicho Luisa. También me ha comunicado que debo prescindir de Laura, mi ayudante. Los recortes tienen que empezar y van a ser duros.

Mi hijo Carlos me está esperando en la mesa del fondo de la terraza del restaurante. Hace un poco de frío, a pesar del sol, pero dentro no se puede fumar. Ahora se ha dejado barba y lleva el pelo más largo. Me hace una señal con la mano por si no le he visto. Me siento enfrente de él.

—¡Carlos, te he dicho que no fumes!

—Mira quién fue a hablar.

—Yo estoy a punto de dejarlo.

—¿Qué tal los abuelos?

—Tu abuelo se enfadó. Quería que hubieras ido.

—Mañana los llamo.

—Hijo, ¿tú cómo estás?

—Mejor, aunque todavía me despierto con esa imagen de papá en su sofá...

Carlos hace el mismo gesto de «aquí estoy» que me había hecho a mí a alguien que está detrás. Me giro y es su chica.

—No sabía que iba a venir.

—Creía que te lo había dicho.

Mi hijo besa a Yoli, que saluda risueña.

—¡Hola, señora!

Yoli quiere ser actriz y nos cuenta que se ha matriculado en un nuevo curso para prepararse. El piso de la calle Carretas en el que vive con mi hijo se lo compró su padre, un constructor de Teruel que subvenciona el sueño de su hija desde hace más de doce años, cuando la niña decidió venir a Madrid con la mayoría de edad recién estrenada. En todo este tiempo ha salido de extra en un anuncio de tampones y como concursante en un programa de televisión en el que fue eliminada a la primera. Yoli habla mucho.

—¡Están buenos los trigueños!

—¡Trigueros, Yoli! —corrige mi hijo.

—Bueno, eso.

—Yoli —me informa Carlos— va a hacer un cásting para una película de un director nuevo.

—¡Ah!

—¡Yoli! ¿Cómo dices que se llama el director?

—Me da igual cómo se llame —interrumpo mirando a mi hijo—. Yo lo que quiero es hablar contigo.

—Si molesto me voy —dice Yoli.

—Pues mira, no es mala idea.

—Ni caso, Yoli. Mi madre es así de borde. ¡Vámonos!

—Carlos, espera un momento...

Este día soleado en el que he vuelto al mundo después de una semana tirada en el sofá ha sido horrible. Menos mal que he recuperado mi maleta gris de lona de tamaño normal, que ni es grande ni lo suficientemente pequeña como para caber en la cabina de los aviones. Ya la tengo encima de la cama, con alguna ropa que estaba deseando recuperar y las cremas tan caras que estaban recién empezadas. En el correo que me subió el portero había lo de siempre: un montón de invitaciones a presentaciones de libros, publicidad de ordenadores, de móviles y, entre todos los papeles, un sobre grande de color crema con mi nombre a máquina y sin remite. Al abrirlo, veo unos ochenta folios impresos en ordenador y junto a ellos una carta escrita a mano. Es la letra de Carlos. En el encabezamiento leo: «Para Ana, de tu muerto».

Me ha contado Enrique Caamaño que Carlos estaba desnudo en el sofá. Enrique es un inspector de policía retirado, amigo de Carlos, que ahora trabaja en los medios de comunicación. Ya no ejerce como policía, pero sigue teniendo buenos contactos dentro del Cuerpo y ha tenido acceso al informe de los policías que encontraron el cadáver. Había restos de todo tipo de drogas por el apartamento. Sobre la mesa de al lado del sofá había un frasco de popper, un estimulante sexual, y volcadas en las alfombras, botellas de whisky y ginebra. En la pantalla de plasma que colgaba en la pared del salón aparecía el menú de una película porno de los años ochenta. Hacía poco que se había corrido. Allí había habido una buena fiesta antes de que Carlos muriera. Me imagino lo que sintió mi hijo al encontrar a su padre de esa manera. No me extraña que no quiera hablar de ello.

La policía dice que los resultados de los análisis tardarán un par de meses y, hasta que no los tengan, no podremos saber con precisión qué sustancia lo mató. Qué más da: Carlos decidió morir ese día y de esa forma. No fue un accidente. Enrique y yo sabemos que a Carlos no se le pudo ir la mano con las drogas: sabía demasiado sobre ellas.

Estoy mirando los datos de las ventas de libros de esta semana y son catastróficos. Miro una y otra vez los números de la pantalla y no me lo puedo creer. Ninguna de las novelas de las que soy editora se ha acercado a las previsiones, pero el descalabro ha sido ver cómo *Te lo digo, te lo cuento,* la última novela de Marián Solá, ha vendido ciento doce ejemplares en su segunda semana a la venta. Era la gran apuesta de la editorial, la que nos iba a salvar de una ruina que llevamos arrastrando desde hace un par de años. Marián Solá es una autora de prestigio. Ganó muy joven el Premio Tierra y sus dos siguientes novelas estuvieron en las listas de las más vendidas. Después de algunos años sin escribir, reaparecía con *Te lo digo, te lo cuento.*

Yo fui la que más aposté por esa novela, la que me peleé con todo el mundo para que la tirada fuera grande, para invertir comprando espacios en las librerías. Todo estaba previsto para que, al menos, se hubieran vendido unos tres mil ejemplares a la semana. Cuando veo ese ciento doce fijo en la pantalla, tan insolente, tan pobre, tan maldito, me dan ganas de echarme a llorar. No me da tiempo porque la cara de Luisa ha emergido por encima de mi panel para decirme que vayamos a hablar a su despacho.

—Ya me dirás qué hacemos —dice, echándose hacia delante, invadiendo su propia mesa.

—No lo sé. No me podía esperar ese dato.

—¡No era buena, Ana! ¡Te dije que la novela no era buena!

—La novela es una más y Marián vendió más de cien mil ejemplares de su último libro.

—Su último libro fue hace casi cinco años.

—Esta semana tiene un par de entrevistas en televisión. Creo que eso le dará un empujón a las ventas.

—Ana, si ese libro no remonta, es el fin. Nos vamos todos a la mierda.

Tengo encima de la mesa la última novela que publicó Carlos Pacheco. Fue el año pasado. Se titula *Ausencia* y no vendió tanto como otras suyas. Ahora que la estoy releyendo entiendo por qué. Se ve que tiene su sello, pero es un texto tan lleno de desencanto que su lectura provoca cierta claustrofobia. No es una novela brillante, aunque hay mucho desgarro en algunas cosas que cuenta. Hay fragmentos bellos y otros que emocionan, pero la trama tiene algunas incoherencias y demasiadas casualidades. Se nota que la ha hecho a impulsos, hay frases que no están muy meditadas y tiene demasiadas contradicciones, algunas hasta en el mismo párrafo. De no ser un autor reconocido, ese libro hubiera pasado sin pena ni gloria.

A mí nunca me han gustado los toros, pero Carlos era un gran aficionado. Siempre me interesó más su conversación sobre ese espectáculo que ir a verlo. Fui un par de veces a Las Ventas y lo pasé mal. No fui capaz de desprenderme del horror que me suponía ver sangrar primero y morir después a ese animal que minutos antes salía tan fiero de los corrales. Además, los dos días que fui el toro pilló a un torero y me dio la sensación de que no debía de traerles muy buena suerte. Carlos siempre me decía que nunca empleara el verbo «pillar» para describir el percance de un torero: había que decir «coger», porque pillar es el verbo que utilizan los turistas. Hubo un tiempo en el que me fascinaba oír hablar a Carlos de cualquier cosa, de toros también. Leyendo *Ausencia* me he acordado de una frase que me dijo sobre el valor de los toreros: «El valor está en un frasco y tarde tras tarde se va agotando poco a poco». Leyendo esta novela me he dado cuenta de que el talento, como el valor, también puede agotarse.

Carlos y Enrique Caamaño fueron muy amigos. Una amistad que duró muchos años por el respeto y la admiración que se tenían. Carlos ayudó a Enrique después de que éste dejara la policía. A través de algunos contactos en los medios de comunicación consiguió que Caamaño colaborara como experto en algunos programas de sucesos aportando su punto de vista profesional. Le fue bien en su nueva labor y ahora tiene una sección fija diaria en un programa de radio matinal que, al parecer, es de las más oídas. Enrique, por su parte, servía de inspiración a Carlos, porque era una fuente inagotable de historias sobre crímenes que después transformaba en tramas para sus novelas. Además, Caamaño, que seguía teniendo muy buenos amigos en la policía, le hizo un gran favor a Carlos hace algunos años, impidiendo que su nombre se mezclara en un asesinato en el que nada tuvo que ver, pero que, de trascender a los periodistas, hubiera dañado su imagen. Carlos estaba comprando droga en casa de un camello al que asesinaron en su presencia. Fue una casualidad que estuviera allí cuando dos tipos entraron en el apartamento del camello y le pegaron un tiro en la cabeza justo cuando le estaba entregando unos gramos de cocaína. Los dos asesinos se marcharon sin demasiadas prisas y sin casi mirarle. Fue un ajuste de cuentas entre traficantes que le pilló en medio, aunque gracias a algunas llamadas de Enrique, Carlos nunca estuvo allí.

Enrique es un señor fuerte y menos alto de lo que parece si no te fijas bien. Tiene una mirada limpia y sabia, la que poseen esas personas que siguen siendo buenas a pesar de lo que han visto. Es un hombre duro que desprende ternura. Debe de ser porque todavía tiene capacidad para seguir emocionándose a pesar de haber descubierto tantas veces que la vida puede no valer nada. Me hubiera gustado ser más amiga de este policía que Carlos utilizó en algunas de sus novelas.

Creo que me enamoré de Carlos en cuanto le vi, poco después de empezar a trabajar en Ediciones Frates. Fue allí un día a hablar con alguien y, al pasar por delante de mi mesa, se fijó en mí, supongo que porque era la nueva y porque era muy difícil no fijarse en mí cuando yo tenía diecinueve años. Se acercó y me dijo: «Hola, tú eres nueva, ¿no? Encantado, yo soy Carlos». Supe que mientras me daba los dos besos de rigor mi rostro se había incendiado como el de una adolescente ante su ídolo. No era normal, porque yo, tan liberal, tan sin prejuicios en aquella época, no era ya una jovencita inexperta como para quedarme tan desarmada delante de un hombre. Pero Carlos no era un hombre normal; desde luego, no era como los chicos con los que había estado en la universidad. Seguí trabajando todo el día con su mirada en el recuerdo cuando a las ocho en punto sonó el teléfono de mi mesa.

—¿Sí?

—Hola, Ana. Soy Carlos Pacheco. Nos hemos conocido esta mañana.

—Sí, sí, claro, claro…

—Me han dicho que salías a las ocho y quería invitarte a un café.

—Sí, sí, claro, claro…

—Estoy en Úrsula, una cafetería que hay enfrente de tu oficina. ¿Bajas?

—Sí, sí, claro, claro…

Dos meses después de aquel café, Carlos y yo estábamos viviendo juntos. Me enganché a él, a su inteligencia, a su seguridad, a su valentía, a su manera de vivir y a la forma en la que me hacía sentir. En esa época acababa de empezar *La duda,* para mí una de las mejores novelas que escribió, quizá la más vital y apasionada de todas. Creo que podría recordar en qué momento exacto escribió cada uno de esos folios, el instante en el que me los dejaba leer, las observaciones que con muchas reservas me atrevía a hacerle y lo feliz que me sentía cuando me hacía caso en algo. El personaje de la criada se llama Ruth porque se lo propuse yo. Primero dijo que Ruth no era un nombre de criada, pero al final me dio el capricho.

Recordar mi vida con Carlos es volver a vivir. Nada me llena tanto en el presente como me llena el recuerdo. Sobre todo en el sexo. Me excito recordando cuánto me excitaba y todo lo que vivo me resulta menor que lo ya vivido. Es una trampa de la que todavía no he sabido salir.

En la lista de los diez libros más vendidos de la semana hay cuatro de Carlos Pacheco, *Ausencia* incluido. Tierra ha reeditado toda su obra y, por lo que se ve, ha sido un acierto. Está teniendo una promoción inmejorable: en los programas del corazón se habla continuamente sobre cómo ha fallecido y los críticos literarios, ahora que está muerto, lo consideran un autor muy importante. Un clásico, escribieron el otro día en *Morelia*, uno de los suplementos literarios de referencia.

Carlos Pacheco era un gran escritor. Lo pensaba mientras le quise, mientras le padecí y hasta en los últimos años, en los que decidí vivir sin él. Posiblemente, no pasará a la historia de la literatura, pero su calidad fue siempre muy superior al prestigio que el mundo literario quiso reconocerle en vida.

Te lo digo, te lo cuento ha vendido setenta y dos ejemplares esta semana, a pesar de las entrevistas que hizo Marián Solá en televisión, lo que significa que el libro está definitivamente acabado y puede que eso suponga el mismo final para la editorial. Aquí he sido muy feliz, sobre todo al principio. Luisa me llamó para empezar a trabajar en Uriarte a los pocos meses de dejarlo con Carlos. Después de tantos años en el Grupo Tierra, con un empleo seguro y muy bien pagado, no era sensato dejarlo y empezar en una editorial pequeña y de futuro incierto. Pero tuvimos suerte. En el primer año encadenamos cuatro o cinco éxitos que nos colocaron en una situación envidiable en este negocio. Las cosas estaban de cara y hacíamos lo que queríamos, publicábamos cosas buenas que se vendían y algunas arriesgadas que se vendían aún más. Uno de los mayores éxitos, recuerdo, fue un ensayo de humor sobre formas de suicidarse titulado *Allá voy.* Fue una época en la que me sentí libre, me lo pasaba bien trabajando y me acostumbré a no depender de Carlos. Me divertía de manera distinta a como lo había hecho durante años. No tomaba ninguna droga y hasta me quité del porrito que fumaba cada noche antes de dormir. Tuve tres o cuatro novios sin importancia, guapos y que más o menos eran buenos en la cama. Los tuve hasta que me cansaron y después los dejé o me dejaron, como Juan, el último de ellos.

He quedado con Enrique para tomar un café muy cerca de su casa. Dice que tiene algo importante que contarme y no quiere hacerlo por teléfono. A pesar del lío que tengo en la editorial, no me importa quedar con él. Para no ver a algunas personas invento excusas, pero para quedar con Enrique podría llegar a inventarme alguna necesidad. En esta ocasión, es él quien quiere verme. Me espera en una mesa al lado de la ventana bebiendo un doble de cerveza. Yo pido lo mismo.

—Ana, he visto las cintas de la cámara de seguridad del portal de Carlos el día que murió.

—¿Y?

—Se trata de tu hijo.

Enrique me invita a subir a su casa para mostrarme la grabación de la cámara de seguridad. Mi hijo llega al portal a las 13.02. Enrique le da al mando a velocidad rápida hasta las 13.27. Ahí se ve a Carlos salir corriendo del portal con un sobre en la mano. A los cuatro minutos, 13.31, vuelve a entrar en el portal. Ya no lleva el sobre. A las 13.35 llega la policía.

—¿Tienes idea de lo que hay en ese sobre? —me pregunta Enrique.

—Sí. Creo que es la última novela de Carlos.

Mi hijo no se parece a su padre. Físicamente, sí, bastante. Y en el nombre, que, muy a mi pesar, es el mismo. No han sido suficientes estos veinticuatro años para superar la rabia que me da referirme a ellos como «Carlos padre» o «Carlos hijo» para diferenciarlos.

Carlos padre no vivía, se consumía. Su mayor virtud como escritor era conseguir que el lector aceptara la locura; domesticaba fieras, hacía música del ruido y apaciguaba el dolor descubriéndote que no dolía tanto. Su secreto era vivir al límite para después escribir de manera contenida. Carlos era mucho mejor cuando vivía la escritura como un oficio que cuando se sentía con la presión de trascender. Sus novelas más leídas también han sido las mejores.

Carlos hijo ha empezado por donde terminó su padre. A los veinticuatro años vive sin demasiadas inquietudes y con pocas ganas de hacerse preguntas. Está con una chica incapaz de aportarle nada. Si fantaseo sobre lo que no debo, creo que ni sexualmente puede enseñarle nada esa aspirante a actriz. Mi hijo es muy conservador. Es la manera más educada que se me ocurre de llamarle cobarde. Los cobardes no pueden ser buenos escritores. Escribe bien, muy correcto, pero, al contrario que su padre, no ha tenido nunca valor, ni tan siquiera para coquetear con la locura.

La primera vez que yo participé en una orgía fue después de haber nacido mi hijo. Pareció casual, pero Carlos lo tenía todo preparado. Una pareja de actores gays, una modelo amiga de Carlos, una agente literaria, un par de chicos que no identifiqué, Carlos y yo. Fue en el chalé de un director de programas de televisión, amigo de Carlos. La fiesta transcurrió con normalidad, alcohol, maría y coca con música a mucho volumen en el jardín. De repente me quedé sola, porque sin darme cuenta todos habían pasado al salón. Cuando llegué, Carlos observaba desde un sillón cómo la pareja de gays se besaba con pasión. Me llamó con un gesto y me invitó a que me sentara en sus rodillas a contemplar la escena. La modelo amiga de Carlos hizo unas rayas en la mesita de al lado y nos invitó. Al levantar mi cara, después de esnifar, la chica me agarró del cuello y me besó suavemente primero y con más pasión después. Era verano y bastó un leve movimiento de sus manos sobre mis tirantes para que mi vestido se desplomara hasta el suelo. Estaba cortada, asustada, enfadada y excitada. Todo a la vez. La cabeza me daba vueltas. La modelo y Carlos me besaron los pechos al tiempo que me recostaban en un sofá. Desde allí, siguieron hacia abajo, me dejaron desnuda, como ya lo estaban ellos. La agente literaria observaba a los actores gays, que la animaron gustosos a participar. Uno de ellos se dirigió hacia Carlos y le besó. Los otros chicos, que nada tenían que ver entre sí, se unieron a nuestro grupo. Recuerdo que en el equipo sonaba una cinta de los Rolling Stones. Siempre asocio aquel recuerdo a Mick Jagger cantando *Angie.*

Luisa me ha llamado para tomar algo fuera de la editorial. Hemos quedado en el Manolo, un bar que, a pesar de su nombre, es pura sofisticación. Hacen un mojito que según los expertos es de los mejores de España, lo que pasa es que a mí no me gusta el mojito. Elaboran también infinidad de cócteles y, lo mejor, tienen una carta sólo de *gin-tonics,* con mil variantes de tónicas y ginebras que combinan, según el caso, con limón, pimienta, lima, uvas, pepino... Y es que a mí el mojito no, pero el *gin-tonic* sí. El Manolo es el sitio en el que habitualmente quedamos con los autores. Está cerca de la editorial y es un buen sitio para hablar. Es elegante, pero con un punto decadente que le impide ser un lugar pijo. Tiene los sillones de terciopelo rojo y las paredes son paneles luminosos que cambian de color sin molestar. Hay mesas de forja muy barrocas, otras de metacrilato de líneas simples y también algunas de madera. Los camareros llevan pajarita y son educados, aunque sin establecer distancias insalvables, no como esos que con su mirada parecen dudar de si podrás pagar la copa que te pides. Luisa me está esperando al final de la barra con un doble de cerveza.

—¿Nos sentamos? —me propone.

—Vale. ¿Paga Uriarte?

—¡Qué remedio!

—Por favor, ponme un *gin-tonic* de Hendrick's.

Luisa parece de buen humor. Comentamos un programa de televisión que hubo anoche en el que acudía como invitada Noelia Regüela, una presentadora de televisión que acaba de publicar una novela. Es la sexta presentadora que escribe una novela en lo que va de año. Mc cuenta Luisa que hay un camarero nuevo que está muy bueno, que ayer estaba, pero que hoy no. A ver si entra más tarde. También hablamos un rato sobre una comida que tendrá el próximo fin de semana con todos sus hermanos en la que piensa cocinar lubina a la sal. De todo esto conversamos entretenidas el rato suficiente para que mi *gin-tonic* ya ande en las últimas. Luisa me ha hecho vivir este preámbulo entre risas hasta que…

—¡Tenemos que cerrar!

—¿El qué? —pregunto yo, que sigo con lo de la lubina en la cabeza.

—Uriarte, ¿qué va a ser? Se acabó. Es el fin.

El rostro de Luisa cambia de repente y sus ojos se humedecen al tiempo que pronuncia esa última palabra. Nos recostamos en el respaldo de nuestros sillones y permanecemos así, en silencio, quietas, mirando cómo el Manolo se sigue llenando de vida.

—Otro doble de cerveza para mí —se repone mi jefa— y otro *gin-tonic* de Hendrick's para mi amiga, por favor.

Nos bebemos cada una lo nuestro bastante deprisa, sin saber muy bien si consolarla yo a ella o ella a mí. Uriarte no es para nosotras sólo un trabajo. Hace cinco años, cuando comenzamos aquí, no empezábamos únicamente una nueva etapa profesional, empezábamos las dos una nueva vida. Yo había roto definitivamente con Carlos y Luisa estaba cansada del Grupo Tierra, donde había trabajado para todos sus sellos. Un par de inversores vascos montaron Uriarte y le propusieron dirigirla. Lo primero que hizo fue llamarme para trabajar con ella. Entre las dos fuimos capaces de convertir un proyecto casi marginal en una editorial solvente y con prestigio. Uriarte significa mucho para las dos, es una parte de nosotras.

—No tengo ni idea de lo que voy a hacer ahora con mi vida —me confiesa Luisa.

—Yo sí, tomarme otro *gin-tonic.*

—¿Otro? ¡Te vas a emborrachar!

—¿Y?

—¡Pues vamos!

—Pero deja ya la cerveza y tómate una copa, que son casi las diez de la noche.

—¡Dos *gin-tonics,* por favor!

Luisa es una mujer bajita y fea. Y lo sabe. El azul de sus ojos es lo único digno de mención que hay en su cara, pero sólo por el color, porque son tan pequeñitos que no le lucen. La nariz también es pequeña, pero la estropea que es un poco aguileña. La boca carece de labios, aunque siendo más precisa, los labios carecen de carne alguna, así que cuando no habla o no ríe su boca es sólo una raya. Su cuerpo tampoco es ninguna maravilla, pero como está delgada y es más o menos proporcionada, pues por ahí se defiende.

—Luisa, ¿tú sabes que te quiero?

—¡Estás borracha!

—Sí.

—Yo también estoy un poco pedo, la verdad. Y también te quiero, Ana.

—Me estoy meando, ahora vengo.

—¿Te pido otra?

—Vale.

—¡Cuidado con la señora esa!

—¡Huy, no la había visto, disculpe!

Durante ratos nos ha dado por reír, otros nos hemos puesto nostálgicas con los buenos tiempos en Uriarte y hemos estado observando con detalle al camarero nuevo, que está buenísimo y que hace rato que empezó su turno. Creo que llevamos ya cinco copas. ¿O son seis?

—Ana, ¿tú cuánto hace que no follas?

—¡Buff, demasiado! —digo tras beber de mi copa.

—¿Y tú?

—Seguro que más.

—Yo la última vez fue con Juan. ¿Te acuerdas de Juan?

—¡Joder, pues sí que hace tiempo!

—Más de dos años.

—¡Y yo que pensaba que estaba desesperada...! Yo estuve con Paco, el corrector, el año pasado.

—¿Paco? ¡Pero si es horrible!

—¡Y yo soy guapa, no te fastidia...! Además —se ríe—, Paco tiene un pollón. —Nos entra la risa a las dos.

—¡Nooo!

—¡Camarero, dos *gin-tonics!*

—Señoras, tenemos que cerrar ya. Son las dos de la mañana.

—Será mamón el tío, que nos ha llamado señoras.

Al salir del Manolo está diluviando. En diez segundos nos empapamos tanto que ya da igual seguir corriendo. Nos paramos en el cruce de la avenida a ver si pasa algún taxi para que yo vuelva a casa. Luisa vive en la calle de al lado.

—Luisa, ¿y si te dijera que Uriarte aún puede salvarse?

—Para eso haría falta un milagro.

—Pues lo va a haber.

—¡Taxiii! ¡Anda, vete a casa a dormirla!

—¡Así que Paco tiene un pollón...! Pero ¿lo que se dice grande o algo desproporcionado?

—¡Hasta mañana, Ana!

Los protagonistas de la novela de Carlos son un pintor y una chica que canta en un grupo de música. Él se llama Fernando y ella Elena. La novela empieza describiendo a Elena, que camina por una calle de Madrid una noche de verano. Está contenta, lleva un vestido corto de algodón blanco y unas sandalias muy cómodas de tela del mismo color con la suela de esparto. Camina despacio, sin querer que se acabe el camino. Está radiante y feliz, acaba de tener sexo en una habitación de un hotel con Fernando, del que está enamorada como una colegiala de su ídolo. Mientras camina sola por la calle recuerda la pasión con la que hace apenas una hora su amante la poseía en la cama del hotel. Se excita sin contención al volver a su mente esa imagen. Elena se sienta en un banco y cruza las piernas con todas sus fuerzas apretando su propio sexo entre los muslos. No puede creerse lo que está haciendo, le da rubor descubrirse de esa forma: está tan mojada que podría llegar a notarse. Respira hondo e intenta contenerse durante lo que le resta de camino hasta su casa. Nada más llegar, llama a Fernando por teléfono para contarle lo que le ha sucedido en el camino. Lo hace desde su cama y él la invita a masturbarse mientras le habla por el móvil. Elena tiene un orgasmo nada más tocarse. Fernando se mantiene en silencio mientras ella recupera poco a poco la respiración. La pareja se despide por teléfono quedando para verse cuando Fernando regrese a Madrid dentro de cinco días. Es la primera novela de Carlos Pacheco que no empieza con una muerte.

Según la autopsia, Carlos había fumado heroína, esnifado cocaína, había bebido whisky y ginebra, tomado viagra e inhalado popper. Eso, al menos, en sus últimas diez horas de vida. Lo está diciendo en televisión un periodista de sucesos que colabora en un programa matinal y que ha tenido acceso al informe forense.

Esa noche Carlos hizo su último exceso. Yo he hecho muchos con él, sé lo que son. Muchas veces le he oído bromear sobre cómo le gustaría morir y siempre decía que lo haría después de una orgía.

Carlos no era capaz de admirar a escritores, por lo menos a sus contemporáneos. Por supuesto, no tenía ningún amigo escritor y cuando coincidía con ellos en entregas de premios o eventos literarios, acababa provocando discusiones en las que sabía desenvolverse casi siempre mejor que sus enemigos. En realidad, para él cualquier escritor era su enemigo, sobre todo los que tenían prestigio. Carlos era un mal contrincante en una discusión. Podía ser cruel hasta el extremo porque no censuraba ningún pensamiento y poseía una habilidad extrema para conocer las debilidades del otro. En eso parecía tener poderes. Con diez minutos hablando con una persona era capaz de encontrarle sus puntos flacos con una precisión que daba miedo.

Carlos admiraba a los pintores, a los músicos y a los toreros. No era, a pesar de su oficio, alguien que leyera mucho y a veces hasta presumía de no hacerlo, pero en toros, pintura y música del siglo XX era una enciclopedia.

Cuando pienso en su decisión de morir, me acuerdo de Juan Belmonte, un torero al que Carlos admiraba mucho. Me contaba que ese torero ya retirado iba a montar a caballo todas las mañanas por su finca. Se iba haciendo mayor y cada día le costaba más esfuerzo subirse a la montura, hasta que un día no pudo hacerlo. Dejó su caballo, subió a su despacho en la parte de arriba de su casa, sacó una pistola que tenía en el cajón y se pegó un tiro.

Carlos y yo decidimos llevar a nuestro hijo a un colegio privado. Bilingüe, para que supiera mucho inglés, y con disciplina, para que no marchase por caminos equivocados. Cuando era pequeño, decidimos protegerle del barrio y nos trasladamos a vivir a las afueras, a una urbanización de adosados con piscina. Aquello no duró mucho porque a Carlos no le salía ni una línea en aquel lugar y yo tardaba cada día una hora en llegar al trabajo. Regresamos pronto a la ciudad, eso sí, a otra urbanización de pisos iguales con piscina comunitaria y seguridad en la puerta para que nuestro hijo fuera feliz. Sé que esa idea fue mucho más mía que de Carlos, pero él se dejó llevar por mi miedo. Educamos a nuestro hijo de una manera que, en el fondo, despreciábamos.

Cuando mi hijo escribió su primer cuento tenía once años. El protagonista era un niño que quería ser futbolista y que se había quedado cojo después de caerse con la bicicleta por un barranco. La lesión le había obligado a dejar el fútbol, que era lo que más le gustaba hacer en el mundo. Lo curioso era que el niño no sólo tuvo que dejar de jugar, también tuvo que dejar de ver su deporte favorito. Cada vez que el niño veía a alguien jugando al fútbol empeoraba de su cojera. Si veía un partido por la tele, casi no podía ni andar, hasta cuando leía los periódicos deportivos y veía la foto de los futbolistas en acción empeoraba de su rodilla. El niño tuvo que irse a un lugar en el que no había fútbol y nadie conocía la existencia de aquel deporte. A los pocos días de vivir allí su rodilla se curó y la cojera desapareció por completo.

Carlos me dejó leer el cuento preguntándome si le gustaría a papá. La suya era la opinión que le importaba. Le animé a que se lo enseñara y fue al despacho de su padre, que en ese momento estaba escribiendo no me acuerdo qué novela, con los tres folios del cuento en la mano. A los cinco minutos salió de allí llorando y se marchó a la calle dando un portazo camino del jardín de nuestra urbanización de piscina comunitaria y seguridad en la puerta.

—¿Qué le has dicho? —pregunté desde la puerta del despacho.

—La verdad: que es una mierda de cuento.

Qué distinto es el Manolo de día. Hay mucho ruido. Los camareros se pasan las órdenes de los desayunos a gritos, las tazas se golpean contra las cucharillas de metal que hay en los platitos de cerámica y éstos contra el cristal del expositor que cubre un amplio surtido de bollería, algunas tortillas, ensaladilla rusa, croquetas... La cafetera es una orquesta de golpes de los camareros contra el cubo para retirar los posos de los cafés hechos antes de rellenarlos del molido para hacer los nuevos; el vapor que calienta las lecheras imita el sonido de un tren antiguo y la gente habla a voces para entenderse. He quedado con mi hijo Carlos después de varios días intentándolo. No le he contado por teléfono lo que sé, y él se resistía a verme después de la última discusión que tuvimos en el restaurante a causa de Yoli. Después de darle dos besos nos sentamos en la única mesa que queda libre.

—¿Qué tal te va?

—Ahí voy, tirando.

—¿Estás escribiendo?

—Sí. He empezado una novela.

—¿Una novela? ¡Qué bien! ¿Y de qué va?

—No lo tengo muy claro, tengo los personajes, pero me falta aún desarrollar bien la trama.

—¿Y cómo son los personajes?

—Pues son una pareja, él es un pintor y ella es una chica joven que toca en un grupo de música...

—¡Fernando y Elena! —le interrumpo.

—¿Cómo? —dice mientras traga saliva con enorme esfuerzo.

Nos quedamos callados. Carlos mira hacia el suelo, avergonzado.

—¿Por qué lo has hecho?

Carlos tarda en contestar. No levanta la cabeza del suelo.

—No lo sé —contesta por fin—. Llevármela fue lo primero que se me ocurrió al ver la novela de papá en el escritorio.

—Y si no te llego a descubrir, hubieras dicho que la habías escrito tú... ¡Me avergüenzo de ti!

—¡Lo siento!

Carlos está a punto de llorar. No sé si regañarle como a un niño o humillarle como a un adulto. Mejor le explico.

—Tu padre me envió el manuscrito antes de morir, junto a una carta.

—¿Qué decía esa carta?

—Ya la leerás en su momento, pero quiero que sepas que tu padre murió cuando quiso y de la manera que quiso.

—¿Has leído el manuscrito? —me pregunta.

—Claro.

—Está sin acabar.

—De eso precisamente quería hablarte. Tu padre decía en la carta que quería que tú terminases su novela.

Carlos, mi ex, decía que para aproximarse a la verdad había que partir de un pensamiento extremo, aunque fuera falso. Afirmaba cosas como que «las gentes a las que les gusta vivir en pueblos pequeños son malas personas»; «*Imagine* de John Lennon es una de las peores canciones de la historia de la música»; «todavía no he tenido la suerte de encontrarme un ecologista que no sea imbécil»; «las únicas mujeres que me parecen respetables son las que dicen sí»... El mérito no estaba en exponer aquellas sentencias con el fin de provocar en cualquier tertulia, sino en cómo las argumentaba con un cinismo tan brillante que acababa haciéndote reír y terminabas dándole la razón por mucho que admiraras a John Lennon, o fueras ecologista, o vivieras en un pueblo, o fueras una mujer que acostumbra a decir no. Daba igual. Carlos te ganaba siempre y acababas dentro de su red, encantada de estar a su lado, aunque ni siquiera fueras tú.

Ahora, pensando en su muerte, en la carta que me mandó, en la novela inacabada y en nuestro hijo, no puedo quitarme de la cabeza otra de sus frases: «La verdad está sobrevalorada, en realidad, no es tan importante».

En Tierra están encantados con el éxito del autor difunto y no paran de reeditar sus novelas una y otra vez. Esta semana, cuatro de ellas ocupan los cuatro primeros puestos de las listas y otras tres del sexto al nueve. Sólo se ha colado en el quinto puesto la novela de Noelia Regüela, una de las seis presentadoras que tienen libro en el mercado. Por cierto, dicen quienes la han leído que la novela no está mal y que la chica escribe con cierta gracia, pero yo no lo creo.

Carlos es el suceso literario del año y le está haciendo ganar una gran cantidad de dinero a Tierra. Qué contraste con Uriarte. Aquí no tenemos ningún libro entre los treinta primeros de la lista. Por allí anda *Te lo digo, te lo cuento* con sus cuarenta y tres ejemplares esta semana.

Luisa me ha dicho muchas veces que no entiende cómo los autores nunca se han dado cuenta de que me caen mal. En el fondo, engañar a un escritor es lo más fácil del mundo. Si empiezas la conversación admirando su talento, se creen todo lo demás que les cuentes.

Ajeno a todo lo que estoy pensando tengo delante de mí a Martín Gracia, un autor de cuarenta y muchos años que pretende publicar su primera novela. Es moreno, bajito, tiene los ojos negros y es atractivo. Lleva el pelo más largo de lo que debiera para mi gusto, aparenta ser más joven de lo que es, aunque no tanto como él se cree. Tampoco es todo lo guapo que se piensa, aunque si fuera más alto, estaría muy bueno, objetivamente. Leí su manuscrito hace unos meses y después de mucho insistirme le he dicho que venga a la editorial para decirle que, por el momento, no lo vamos a publicar. No es normal quedar con un autor novel de casi cincuenta años para decirle que no vamos a publicar su primera novela, eso puede decirse por teléfono o no decirse, pero en este caso he hecho una excepción porque se trata de un periodista de deportes con cierto prestigio y es bueno atenderle en persona. En su novela, a pesar de estar desordenada, ser demasiado larga y estar mal estructurada entre otros defectos, hay algo que me encanta. Hay un enano que se enamora de una mujer bella con un cuerpo escultural repleto de tatuajes. La manera de contar esa relación es brillante.

—La novela necesitaría bastantes retoques en el caso de que la publicáramos, pero te confieso que la historia me ha encantado.

—Gracias.

—Lo que ocurre es que ahora no estamos en un buen momento para apostar por autores noveles.

—Vaya, qué lástima.

—Pero, bueno, quizá con el tiempo quién sabe si…

—Claro, claro.

—¿Y cómo es esto de escribir ahora una novela?

—Siempre me ha gustado, pero ahora tengo más tiempo.

—Pues nada, lo dicho, que a ver si más adelante...

—¿Tú llevas tatuajes?

—¿Cómo dices?

—Que si llevas tatuajes.

—¿Y esa pregunta?

—Es que estás hablando y, perdona que no te escuche con atención, pero te estoy imaginando desnuda y en ese pensamiento llevas una fresa tatuada en la ingle izquierda.

—¡¿Perdona?!

—¿Tienes una fresa en la ingle o no la tienes?

—¿Y a ti qué te importa?

—Vale, vale. No te enfades. Es que casi nunca fallo y al imaginarte desnuda... En fin, que me has encantado, con fresa y sin fresa.

—¿Siempre dices lo que se te pasa por la imaginación?

—Siempre no, pero algunas veces me armo de valor y lo suelto. ¿Tú no lo haces?

—Bueno, algunas veces.

—¿Me puedes decir sinceramente qué estás pensando en este instante?

—¡Que estás como una cabra!

—Pero ¿a que te caigo bien?

—Tienes gracia... ¡Y valor!

—¿Quieres saber lo que estoy pensando ahora?

—No estoy muy segura.

—Pues estoy pensando que eres muy guapa, que me encanta tu boca, que la besaría sin parar, que seguiría besándote por todo tu cuerpo, lleves fresa o no la lleves, te comería entera y haría contigo el amor de manera salvaje encima de esta mesa. Con perdón.

—¡¡No sé si reírme o echarte de aquí...!!

—No hagas nada. Ya me voy. Ha sido un placer.

—¡Espera! Antes de que te vayas quiero decirte la verdad sobre dos cosas. La primera es que tu novela no se va a publicar nunca.

—Ya lo suponía. ¿Y la segunda?

—Que tienes mucho talento.

Los periodistas ya saben que hay una obra inédita de Carlos Pacheco. Caamaño le contó a la policía la verdad para que no especularan con el contenido del sobre que se llevó mi hijo. Y, como pasa siempre, en cuanto la policía se entera de algo, al instante lo sabe la prensa. Primero han sido los programas del corazón los que han hablado del tema, pero al final hasta los informativos han destacado la noticia:

El escritor recientemente fallecido Carlos Pacheco podría haber dejado escrita una novela inédita antes de morir. El texto habría sido hallado en el domicilio del autor por su único hijo. De ser cierta esta información, estaríamos ante uno de los acontecimientos literarios de la década y, por supuesto, ante un gran negocio que podría alcanzar cifras millonarias. La reedición de toda la obra de Carlos Pacheco después de su muerte mantiene al autor en el primer puesto de las listas de los más vendidos.

Y vamos ya con los deportes…

La cara de Luisa asoma por encima de mi panel y me pide con un gesto que la acompañe a su despacho.

—¿Es cierto lo que está diciendo la tele?

—Sí.

—¿Quién tiene esa novela?

—Mi hijo.

—¿Y qué va a hacer con ella?

—Publicarla en Uriarte.

—¿Puede hacerlo?

—Claro. La novela también será suya.

—No te entiendo.

—Carlos Pacheco escribió sólo la primera parte de esa novela. Su deseo era que nuestro hijo la terminara.

—¡¿Carlos hizo testamento?!

—No. Me envió una carta en la que me lo explicaba.

—¿Y por qué no me lo has contado antes?

—No era el momento… Luisa, esa novela puede salvar Uriarte.

Hace algunas semanas que mi hijo está en Asturias en casa de sus abuelos. Tiene que concentrarse y no hay mejor sitio para eso que éste. He venido para hablar con él. Qué diferente es este viaje del último que hice.

Marcelino permanece sentado en la cocina a pesar del ruido que mi suegra Dolores hace al verme en la puerta.

—¡Hija mía de mi vida, qué sorpresa! ¡Marcelino! Mira quién está aquí —grita mirando hacia el interior—. ¡Carlos, cariño, baja! —grita mirando a la planta de arriba—. ¡Míralo! Igual que hacía su padre. Se encierra arriba a escribir y no le veo en todo el día.

Marcelino aparece por fin por la puerta. Su barba blanca me pincha al besarme. Debe de llevar cuatro días sin afeitarse y por lo menos un par sin peinarse. Me parece que lo que hacía en la cocina era beber vino. No tiene buen aspecto.

—¡Hola Ana! ¿Cómo tú por aquí?

—He pasado a veros a vosotros y a Carlos, pero no me quedaré a dormir.

—Calla, calla —interrumpe Dolores—. ¿Cómo no te vas a quedar?

—No, dormiré en Oviedo. Mañana muy temprano he quedado allí con un autor y después regreso a Madrid.

Mi hijo aparece por las escaleras. Él tampoco se ha afeitado y lleva un cigarro en la boca.

—¡Mamá! ¿Qué haces aquí?

—¿Qué pasa, que no puedo venir a verte?

—Claro, claro.

—A comer por lo menos sí te quedas —insiste mi suegra.

Mis suegros no son asturianos, sino de Jaén. Vinieron aquí en los años cincuenta en busca de una vida mejor. Un terrateniente andaluz con el que mi suegro trabajaba en mil chapuzas en sus fincas vino a Asturias a montar un par de hoteles y se trajo a Marcelino como hombre para todo. Fue su chófer, guarda de obra, camarero, recepcionista, contable... Compraron una casa en este pueblo y aquí nació Carlos poco tiempo después. Marcelino se acostumbró pronto al clima, pero Dolores siempre añoró la sombra que daban los olivos para protegerse del sol abrasador. Aquí no hay ni olivos ni sol abrasador. Los inmensos prados verdes que rodean el pueblo le produjeron tanto desasosiego que se convirtió en una mujer a la que le costaba no parecer triste. Carlos me contó que, un día que le llevaba al colegio por el camino sin asfaltar que siempre recorrían, su madre rompió a llorar. Él tenía ocho años y vio cómo de repente los ojos de su madre se llenaron de lágrimas. El llanto era incontenible. Carlos, casi seguro de que él no era el causante del disgusto, se atrevió a preguntar el motivo de ese llanto. Dolores le contestó con una enorme pena: «Es que odio el barro». Carlos miró sus botas, los zapatos de Dolores, las patas de las vacas que había cerca del camino, las ruedas de los coches, las puertas de las casas… todo estaba lleno de barro. Carlos había nacido allí y nada podía parecerle más normal, pero con el tiempo descubrió que nadie había descrito mejor que su madre aquella mañana lo que era la desolación.

Dolores y Marcelino se han ido a echar la siesta y mi hijo y yo nos hemos quedado solos en la sala. Ha dejado de llover, pero tiene pinta de que no será por mucho tiempo. Carlos me da un cigarro.

—Carlos, ¿cómo vas?

—Un poco agobiado.

—Tu padre decía siempre que cuando mejor se escribe es cuando menos pretencioso se es.

—Yo creo que lo que papá ha dejado escrito es muy bueno.

—Posiblemente, lo mejor que ha hecho nunca.

—Mamá, tengo dudas sobre el final de la novela.

—¿No te parece bien el que yo te propuse?

—A mí me gustaría que acabaran juntos.

En el vuelo de vuelta leo lo que me ha dado Carlos, lo que ha escrito desde que está en Asturias. Se le nota presionado. Parece que le cuesta ir al grano, creo que da demasiadas vueltas. Eso sí, los lugares los describe de maravilla. En eso, parece un escritor con más oficio del que en realidad tiene. En cuanto me bajo del avión le llamo para contarle lo que me han parecido esos folios. Sé que debe de estar ansioso por conocer mi opinión.

—Está bien.

—¿De verdad te gusta?

—Hombre, creo que el personaje de ella se comporta de una manera un poco fría.

—¿Fría?

—Sí. Está todo el tiempo describiendo las cosas, pero da la sensación de que ni siente ni padece.

—¿Qué crees que debo cambiar?

—Es muy largo. Intenta ser más directo, pero lo importante es que continúes escribiendo. Ya cambiaremos lo que sea más adelante si es necesario.

Cuelgo con mi hijo y atravieso los enormes pasillos de la terminal camino de la parada de taxis. Al doblar uno de ellos, la vista se me va hacia el escaparate de una de esas tiendas tan lujosas que hay en los aeropuertos.

—Hola, ¿en qué puedo ayudarla?

—Quería comprar la maleta que hay en el escaparate.

—¿Cuál de ellas desea exactamente?

—La del estampado de flores.

—Muy original, desde luego. ¿Qué tamaño desea?

—La pequeña, para no tener que facturar.

—Ésta tiene el tamaño homologado para poder viajar en la cabina del avión.

—¿Está usted seguro?

—Completamente, señora.

Le pido al taxista que me lleve directamente a la editorial. Mientras hablaba con mi hijo y compraba la maleta, tengo cinco llamadas perdidas de Luisa. Debe de estar preocupada.

—¿Dónde estás?

—En un taxi, voy para allá.

—Ha llamado Marta preguntando por ti.

—¿Marta? ¿Qué Marta?

—La estirada de Marta Sanchizdrián, la agente, la ex de Carlos.

—¡Ah, sí, Marta! ¿Y qué quería?

—Hablar contigo. Me ha pedido tu móvil, pero no se lo he dado. Quería avisarte antes.

—Pues si vuelve a llamar, dáselo. A ver qué quiere.

Elena se convierte en la musa de Fernando en la novela de Carlos. Fernando es un pintor importante muy cotizado desde hace años y Elena la cantante de un grupo de pop rock poco conocido por el público, pero que se defiende actuando en el circuito de bares nocturnos de Madrid. Elena ha trabajado de camarera y como modelo de pintura posando desnuda. Lo hacía habitualmente en academias de dibujo hasta que un día se la recomendaron a Fernando, que la contrató para un retrato a cincuenta euros la hora. Carlos describe a Elena como la imagen de la sensualidad. Ya no es una lolita, es una mujer joven y esplendorosa a la que es imposible no desear si estás vivo. Fernando la pintó devorando una rodaja de sandía completamente desnuda encima de una silla. Elena mira al autor mientras el jugo rojo de la fruta se derrama por su cuerpo. Es el único cuadro de Fernando que no ha vendido, él, que sobre todo pinta para vender. Cuando terminó, se lo regaló a Elena con la condición de colgarlo en casa y de que, pasase lo que pasase, ella tampoco lo vendiera jamás. Uno de los momentos más divertidos de la novela de Carlos es cuando cuenta la cara de las visitas que van a casa de la pareja y ven a su anfitriona completamente desnuda comiendo sandía colgada en el pasillo.

Fernando es un provocador y Elena está tan viva junto a él que ya no puede imaginarse sola.

Hace más de dos años que no quedo con un hombre para cenar y tengo ganas de hacerlo. No puedo dejar pasar este momento en el que, a ratos, vuelvo a sentirme viva. He ido a la peluquería, me he depilado, me he tomado mi tiempo maquillándome y me he arreglado el pelo con esmero. He elegido un vestido azul ajustado y he prestado atención a mi ropa interior con cierta esperanza de que él pueda verla esta noche. El color negro es una apuesta segura. Me siento guapa y por las miradas de los hombres cuando atravieso el restaurante camino de la mesa en la que él me espera me doy cuenta de que lo estoy. Avanzo segura hasta llegar a Martín Gracia, el periodista deportivo que se levanta como un caballero.

—¡Qué guapa estás!

—Muchas gracias, perdona el retraso.

Hasta que no llega el segundo plato no empiezo a relajarme un poco. Estos nervios me encantan, ya no me acordaba de lo que era sentirlos. Martín lleva todo el peso de la conversación, aunque no sé por qué hoy no me está haciendo tanta gracia como el día que me preguntó en la editorial si tenía un tatuaje en la ingle.

—Ana, me encantó que me llamaras para cenar.

—Me apetecía mucho verte otra vez.

—Me gustan las mujeres que toman la iniciativa.

—En los últimos días estoy haciendo cosas distintas a las que he hecho los últimos años.

—¿Por ejemplo?

—Me he comprado una maleta con un estampado de flores.

Salimos del restaurante paseando. Martín me hace reír, a veces mucho. A medida que ha avanzado la cena, se ha ido relajando y pareciéndose cada vez más al de nuestro primer encuentro. Mientras esperamos que un semáforo nos permita cruzar, Martín se lanza.

—Me encantaría besarte.

—Pues cállate y hazlo.

Juntamos nuestros labios con tantas ganas que hasta los dientes han chocado. El semáforo ha cambiado de color un par de veces sin que le hayamos hecho caso. Martín besa bien, suave y lento, lo que yo necesitaba después de tanto tiempo sin besar.

—Ven a mi casa.

—¡Vamos!

Martín me lleva a su casa en un Smart rojo. En el trayecto estoy a punto de arrepentirme de lo que inevitablemente voy a hacer. Creo que tengo que hacer esfuerzos para recuperar las ganas de sexo, que no sé por qué extraño mecanismo mental han desaparecido de pronto.

—¿Te importa que fume?

Mientras echo el humo por la ventanilla, viendo las aceras de Madrid con su vida nocturna, me enfado conmigo misma por tener ganas de irme.

—Es aquí.

Martín aparca su Smart rojo en el mismo portal. Tengo ganas de marcharme, pero no lo voy a hacer. Pienso subir al piso de Martín y pienso acostarme con él, que es a lo que he venido. Y si no sale bien, pues me aguanto.

—Ana, ¿en qué piensas?

—Nada, nada. ¡Qué portal tan bonito!

Martín me besa en el ascensor y yo le pido que espere. El piso no es grande, pero es casi diáfano. Sólo hay una habitación y un baño. El resto es todo salón, con una cocina americana en una esquina. Parece obra de un decorador profesional. Es todo bonito y encaja, pero no tiene personalidad. Es como un piso piloto.

—¡Qué casa tan bonita!

—¿De verdad te gusta?

Martín abre una botella de vino y saca dos copas de un armario.

—Yo no quiero vino.

—¡Vaya...! Bueno, ¿qué quieres beber?

—Nada… bueno, agua. ¿Tienes agua?

—¿Te pasa algo?

—Nada, nada.

Martín se sirve su vino y a mí un vaso de agua de la nevera. Apaga la lámpara del techo y deja encendida una de pie a la que le baja la intensidad. El salón se queda en penumbra. Bebo agua, bebe vino y me besa. Intento concentrarme. Martín deja su copa en una mesa, me quita el vaso de agua de las manos y me invita a sentarme junto a él en el sofá.

—¡Martín, quiero irme!

—¿He hecho algo que te haya molestado?

—Deja de disculparte todo el rato, que me sacas de quicio. Tú no has hecho nada. Soy yo, que quiero irme.

—¿Te pido un taxi?

—No. Prefiero ir andando.

Camino durante mucho rato hasta llegar a casa pensando en que a lo mejor todavía no estoy donde creía estar. Estoy cansada. No entiendo bien qué me ha sucedido esta noche, sólo sé que ahora mismo tengo más ganas de dormir que de despertar mañana.

Marta Sanchizdrián es una mujer alta y atractiva. Inteligente y de fuerte personalidad. De esas mujeres que dan miedo a otras mujeres porque las vemos incapaces de perder. Marta fue la última pareja con la que vivió Carlos y también su agente desde hace algunos años. Con ella publicó sus dos últimas novelas. Yo la conozco desde hace bastantes años porque he negociado con ella en otras editoriales algunos libros de escritores a los que representa. En los últimos años no hemos tenido contacto profesional porque en Uriarte no hemos publicado autores suyos. Más que nada por casualidad, pero que Luisa no pueda soportarla ha tenido algo que ver. La última vez que la vi fue hace más de un año, en una entrega de premios literarios en la que ella iba acompañando a Carlos. Está entrando por la puerta del Manolo y me parece aún más alta de lo que la recordaba. Cuando se sienta, lo primero que hace es disculparse por no haber estado en el entierro de Carlos.

—Estaba en la India y me enteré tres días después de que sucediera. No me dio tiempo a ir a Asturias.

—Yo no sabía que lo habías dejado con Carlos. Él no me dijo nada y, la verdad, yo tampoco pregunté.

—Terminamos hace seis meses. Nuestra relación desde entonces era sólo profesional. ¿Qué tal está tu hijo?

—Bien. Él fue quien lo encontró muerto. Poco a poco lo va superando.

—También encontró la novela, ¿no?

—Sí. Pronto la publicaremos en Uriarte.

—De eso quería hablarte. Mi intención es negociar también con Tierra. Están muy interesados en publicarla.

—¿Y tú quién eres para negociar nada?

—No te enfades, Ana. Simplemente, me gustaría hablar con tu hijo para explicarle la oferta que va a hacer Tierra.

El tono compasivo y amable de Marta me saca de quicio y se me está empezando a notar.

—Marta, no te metas. Mi hijo está muy tranquilo y va a publicar la novela de su padre en Uriarte.

—¿Y qué oferta económica le habéis hecho?

—¿Y a ti qué te importa?

—Tranquila, Ana —sigue hablando desesperantemente educada—. Sólo pretendo contarle a tu hijo las ventajas de que yo le negocie los derechos de la novela de su padre. En el fondo, las dos queremos lo mejor para él, ¿no?

—¿Lo mejor para él? ¡No me hagas reír!

—De todas formas, yo le contaré la oferta de Tierra y si, a pesar de eso, decide publicar con vosotros, por mí perfecto.

Nunca dejó de gustarme la forma en la que Carlos me amaba, jamás me obligó a hacer nada que yo no quisiera y durante todos los años en los que viví con él no me dio tiempo a echar de menos que me dijera «te quiero». Desde el primer día hasta que decidí irme de su lado me sentí una mujer amada, respetada y deseada.

A lo mejor fue simplemente el paso del tiempo, pero llegó un momento en el que la vida junto a Carlos llegó a agotarme. Más tarde, llegó otro momento en el que me atreví a decírselo. Un viernes por la noche, después de cenar en un restaurante japonés, me propuso llamar a una prostituta para hacer un trío. Yo no tenía ganas, pero dije que sí porque sabía que ése iba a ser el último. Fue en un hotel cerca del aeropuerto y recuerdo que lo pasamos bien. La chica era argentina y muy guapa. Como siempre que estos encuentros salían bien era porque ella disfrutaba tanto o más que nosotros. Me parece recordar que se llamaba Natalia. Los dos se dedicaron a mí largo rato y después la chica y yo fuimos a por Carlos. La cosa terminó con Carlos dedicado a Natalia, que, aparte de un orgasmo muy sonoro, se llevó de aquella habitación quinientos euros. Carlos y yo nos quedamos dormidos hasta casi las dos de la tarde.

—Carlos, quiero dejarlo.

—¿El qué?

—Quiero dejarlo contigo.

—¿Por qué?

—Porque quiero ser normal.

Mi hijo Carlos ha escrito un montón de folios en los que no dice nada. Es desesperante. Tiene demasiada prisa por llegar al final y se está cargando todos los matices de los personajes a una velocidad de vértigo. Lo que más me desespera en la escritura de mi hijo es ese afán por explicar todo lo que pasa continuamente. Y lo peor es que lo que pasa tampoco tiene interés. Releo los folios a ver qué puede salvarse cuando la cara de Luisa se asoma sonriente por un lateral de mi biombo.

—¡Ana, tengo buenas noticias!

—¡Cuánto tiempo sin oír esa frase!

—Vente a mi despacho y te cuento.

Guardo los folios de mi hijo en el cajón y vamos para allá. Nada más sentarnos, Luisa me cuenta la buena nueva.

—Los dueños de Uriarte y yo hemos estado en el banco esta mañana y van a concedernos un nuevo crédito. Ha sido providencial que vayamos a publicar la novela póstuma de Carlos Pacheco.

—¿Sabes que el otro día quedé con Marta Sanchizdrián?

—¿Y qué quería esa arpía?

—Va a intentar convencer a Carlos para que publique con Tierra. Le van a hacer una oferta económica.

—Bueno, pero Carlos te hará caso a ti. Eres su madre.

—Claro, claro. Ya lo hemos hablado.

—¿Cuándo me vas a dejar leer la novela? No sé ni de qué va.

—Todo a su tiempo.

—¿Qué tal va tu hijo?

—Bien. Me está sorprendiendo.

Enrique Caamaño entró en la policía con dieciocho años. Su padre era policía y sus dos hermanos mayores también. Ni su familia ni él imaginaron jamás que podría dedicarse a otra cosa. Con cuarenta y pocos, a punto de ascender a comisario, un macarra le pegó un tiro en una rodilla que le retiró del Cuerpo por «incapacidad permanente». El suceso fue casual. Enrique paseaba por la calle cuando se encontró con un tipo que salía de atracar una farmacia con una pistola en la mano. No estaba de servicio, así que dudó si ir o no tras él. Finalmente, sacó el arma y le dio el alto. El macarra se volvió sin más y le pegó un tiro que le atravesó la rótula. Aquel chico murió de sobredosis en la cárcel y Caamaño ya apenas cojea. Un día, cenando los tres en casa, nos contó a Carlos y a mí que el día del entierro del macarra se presentó en el cementerio y se metió entre los amigos y familiares, como uno más, a dejar flores al difunto.

—¿A qué fuiste allí? —preguntó Carlos.

—Tenía que darle las gracias de alguna manera.

Esa noche Enrique nos contó decenas de historias vividas en la policía, cada una de ellas era por sí sola una novela. Bebimos, fumamos y hablamos hasta la madrugada. Al final nos confesó que lo de la «incapacidad permanente» había sido un favor que le había hecho un amigo forense del Cuerpo.

—¿Por qué quisiste dejar la policía? —pregunté.

Caamaño contestó con una naturalidad que me sorprendió.

—¡Porque me daba mucho miedo!

Enrique era un hombre guapo, todavía lo es a pesar de haber perdido mucho pelo y de algunos kilos de más que acumula en su barriga. Hoy llevo todo el día pensando en él y fantaseo con que en este momento esté solo en su casa pensando en mí.

—¡Hola, Enrique!

—¡Hola, Ana! ¿Ocurre algo?

—No. ¿Qué tal estás?

—Pues bien. Estaba durmiendo.

—¡Perdona! ¿Qué hora es?

—Las dos de la mañana.

—¡Lo siento! No me he dado ni cuenta.

—¿Seguro que no pasa nada?

—Seguro. No te preocupes, hablamos mañana.

—No, ya que has llamado... ¿Qué estás haciendo despierta a estas horas?

—Estaba pensando en ti, la verdad.

—¿Y qué pensabas?

—Que me apetecía verte.

—¿Ahora?

—Sí, ahora.

Fernando necesita a Elena para pintar. Carlos describe la casa en la que viven —de dos plantas, con el estudio de pintura en la inferior—. Elena y Fernando pasan allí casi todo el día. Escuchan música, tienen sexo, se drogan, comen y hablan. Sobre todo, hablan. Cuando Fernando prepara una exposición, ella permanece con él en el estudio. Discuten cada boceto que sale del lápiz de Fernando, que explica a Elena lo que quiere contar antes de llevarlo al lienzo. Elena ha abandonado su grupo casi por completo y en los últimos meses apenas ha tocado en un par de conciertos. A Fernando le va bien. Carlos describe con tanta brillantez en la novela la última exposición de Fernando que parece que estás viendo los cuadros. Son escenarios cotidianos: una cocina, un parque, una habitación de hotel o la calle de un pueblo. En esos lugares, un hombre, una mujer o un niño están inmóviles, pero, al mirarlos, presientes que han hecho algo o que están a punto de hacerlo. No se sabe el qué, pero en su expresión sabemos que será o ha sido algo horrible. Carlos reproduce en la novela la crónica de un crítico de arte sobre la exposición: «El pintor Fernando Serrano profundiza en la cara oculta y misteriosa de lo cotidiano, dotando a la gente normal de una personalidad desmesurada y excepcional». Elena y Fernando leen juntos esa crítica.

—Le ha gustado la exposición —dice ella.

—Sí, pero no ha entendido los cuadros.

—¿Por qué dices eso?

—Porque en las personas siempre hay rasgos desmesurados y excepcionales.

—Él se refiere a personas normales.

—Elena, las personas normales no existen.

Enrique no ha tardado ni media hora en llegar a mi casa. No sé por qué le he llamado, no sé por qué ha venido y no sé qué vamos a hacer. Sé que me gusta que esté aquí.

—¿Quieres tomar algo?

—A estas horas no sé si tomarme un whisky o un café con leche.

—¿Sabes? —le confieso—. Yo lo que tengo es hambre.

—Y yo.

Son las tres de la mañana y estamos tomando dos bocadillos de tortilla francesa con dos Coca-Colas.

—¡Vaya expectación que se ha montado con la novela! —dice Enrique entre mordisco y mordisco.

—Es normal. Las obras inéditas de los autores muertos son las más esperadas. La gente es muy morbosa.

—¿De qué va?

—Eso es un secreto.

—¿Es cierto que la novela no está acabada?

—Sí. Carlos dejó escrita la mitad para que la terminara nuestro hijo. Me lo dejó dicho en una carta.

—¿Te escribió Carlos en esa carta que se iba a suicidar?

—No empleaba esa palabra. Simplemente me decía que estaba agotado.

—Con lo que se metió aquella noche, sabía que no iba a despertar.

—En su carta me decía: «No tengo nada más que escribir, no me queda nada más por vivir».

—Me gustaría ver esa carta.

—Ya te la enseñaré.

Hemos terminado los bocadillos y he preparado una cafetera. Aunque tengo una de ésas de diseño con capsulitas que hace mil tipos de cafés, a mí me sigue gustando más el de la cafetera tradicional que se calienta en el fuego. Enrique, sin embargo, me pide que le haga uno de capsulita morada, que es el más fuerte que tengo.

—Marta Sanchizdrián —le cuento— va a intentar convencer a mi hijo para que publique la novela en Tierra.

—Eso no debería ser un problema. Supongo que él querrá publicarla en la editorial en la que tú trabajas.

—Sí, pero la oferta por los derechos que hará Tierra será mareante. Ellos son un imperio y Uriarte no puede competir en ese nivel.

—Por cierto, ¿cómo se titula?

—Carlos la dejó sin título.

—¡Vaya! ¿Y habéis pensado alguno?

—Eso es un secreto.

—¡Cuántos secretos!

Entre Enrique y yo nos hemos fumado ya casi un paquete. Lo calculo porque es la segunda vez que he tenido que vaciar el cenicero. Hacemos un alto para sacar hielos del congelador y servirnos dos copas. Yo un *gin-tonic,* él un whisky.

—No sabía yo que Carlos considerara a vuestro hijo un buen escritor. Ya sabes cómo era.

—Últimamente había leído cosas suyas y le habían gustado mucho.

—No me había contado nada —dice, como si le hubiera contado todo lo contrario.

Está amaneciendo. Enrique y yo nos hemos quedado definitivamente sin tabaco y, como dos adolescentes, estamos encendiendo las colillas que no habíamos apurado del todo. También como cuando éramos más jóvenes, él irá a la radio y yo a la editorial sin apenas haber dormido.

—¿Y qué tal lo está haciendo tu hijo?

—Muy bien. Se nota que lo lleva en los genes.

—Claro, claro.

—Enrique, ¿sabes una cosa?

—Dime.

—Que todavía no sé por qué te he llamado.

—Ni yo. Pero me ha encantado que lo hicieras. Me lo he pasado muy bien.

—Enrique, ¿tú sientes algo por mí?

Enrique piensa la respuesta mientras caminamos hacia la puerta. Me da un beso fraternal en la mejilla y antes de marcharse me contesta mirándome a los ojos.

—Eso es un secreto.

Mi suegro ha muerto. Mi hijo le ha encontrado en la cama de su habitación cuando ha subido a despertarle de la siesta. A mi suegra le han dado unos calmantes y se ha quedado con una vecina. El cadáver de mi suegro se lo ha llevado la funeraria para prepararlo y devolverlo a casa esta misma noche. Mi hijo se ha ido con él. Qué contrasentido eso de preparar a un muerto. He llamado al aeropuerto, pero hasta mañana no hay ningún vuelo a Asturias. Voy a tener que coger el coche porque quiero llegar lo antes posible para que mi hijo no esté solo.

No me gusta conducir, y menos en viajes largos. Me saqué el carné cuando Carlos era pequeño para llevarle a la guardería o al médico con más facilidad, pero nunca he conducido si no es por necesidad. Como hoy. Carlos padre no conducía, jamás se planteó sacarse el carné. Él nunca hacía las cosas comunes de cualquier hombre. Creo que jamás sostuvieron sus manos una herramienta, ni siquiera un destornilladorcito para poner las pilas a los juguetes de Carlos. Era una persona especialmente torpe para los trabajos manuales, incapaz de solucionar el más mínimo problema doméstico. Yo era igual, así que en casa teníamos que estar llamando a profesionales continuamente para las tareas más insignificantes: colgar un cuadro, conectar un equipo de música, formatear un ordenador... Lo mejor que podía suceder en casa es que las cosas funcionasen correctamente o se rompieran del todo para comprarlas nuevas porque cualquier reparación solía resultar algo traumático. Una vez, por distintos motivos, nos quedamos sin chica en casa durante un mes y la aspiradora dejó de aspirar. El problema era simplemente que la bolsa estaba llena y había que cambiarla. Lo intentamos durante media hora sin conseguirlo hasta que Carlos cogió la aspiradora, se fue a la ventana del salón, comprobó que por la calle no pasaba nadie y, ante la mirada complaciente de mi hijo y mía, la arrojó al vacío desde el quinto piso en el que vivíamos. «A tomar por culo la aspiradora», dijo, liberado. Carlos hijo y yo aplaudimos mientras Carlos padre saludaba radiante como un torero que acabara de triunfar en Las Ventas.

—¿Ana?

—Sí, ¿quién es?

—Soy Yoli, la novia de Carlos.

—Hola, Yoli, ¿qué quieres...? Es que tengo un poco de prisa.

—Me ha llamado Carlos y me ha dicho que te vas en coche a Asturias. Era para irme contigo.

—¿Conmigo?

—Sí, es que quiero estar con él.

—Es que no va a poder ser porque estoy a punto de salir.

—Yo ya tengo la maleta hecha.

No me acuerdo en qué biografía alguien decía que podía convivir con personas a las que odiaba, pero nunca con personas a las que despreciaba. Yo no odio a Yoli, pero tampoco me es indiferente. Es tonta y es la novia de mi hijo. Cualquiera de esas dos cosas por separado me daría igual, pero las dos juntas se me hacen insoportables. Me está esperando en la boca del Metro. Paro junto a ella, le indico por la ventanilla que meta su maleta en el maletero y después de hacerlo se mete en el coche. Lleva una minifalda extremadamente corta color granate oscuro y una camiseta negra de licra que se le pega al cuerpo y le marca su pecho artificialmente redondo sin sujetador. Los zapatos son de salón, negros, preciosos, y seguramente muy caros, de unos doce centímetros de tacón de aguja. En el asiento de atrás ha dejado una cazadora vaquera desgastada. La ropa que lleva es incómoda para viajar y muy inapropiada para ir a un velatorio. Yoli tiene las piernas largas y, hay que reconocerlo, preciosas. La verdad es que tiene un cuerpazo y además es guapa. Vulgar y sin clase alguna, pero muy guapa.

—Vaya mala suerte la de Carlos —me dice—, encontrar muertos primero a su padre y después a su abuelo.

—La verdad es que sí.

—Le echo de menos… Desde que se fue a Asturias no nos hemos visto.

—¿Tú sabes por qué está Carlos en Asturias?

—Claro. Está intentando ser su padre.

—¿Cómo dices?

—¡Ya me dirás! ¡Anda que no hay sitios en Madrid para escribir!

—No lo había pensado de esa manera.

—Pues está muy claro. Allí empezó su padre a escribir.

—¿Has leído algo de lo que lleva escrito?

—No. Sólo te lo ha dejado leer a ti. Por cierto, ¿qué tal está?

—Bien, bien.

Yoli ronca. Apenas llevábamos media hora de viaje cuando ha echado hacia atrás el respaldo de su asiento y se ha quedado profundamente dormida. Ha anochecido y no me siento segura conduciendo. Me está pasando factura la madrugada en vela que pasé junto a Enrique. Cuando se fue, sólo pude dormir un par de horas antes de ir a Uriarte. Después he estado trabajando y no he parado de correr desde que mi hijo me llamó con la noticia de la muerte de su abuelo. Tengo que zarandear a Yoli para que se despierte en la puerta del bar de carretera donde he parado para comer algo.

—¿Qué quieres tomar? —le pregunto.

—Una Coca-Cola Light.

—¿Y de comer?

—¡Huy, nada, nada! Estoy a régimen.

—¿Tú estás a régimen?

—Claro. Tengo que perder, al menos, tres kilos. Tengo una prueba la semana que viene para una serie de televisión.

—A mí póngame un pincho de tortilla y una cerveza sin alcohol. Bueno, mejor con alcohol.

En el bar sólo hay hombres. Deben de ser camioneros la mayoría y otros que viajan solitarios. Todos miran con más o menos descaro las piernas de Yoli y su pecho marcado en la camiseta de licra del que pueden diferenciarse sin esfuerzo la forma de la teta y el lugar exacto que ocupa el pezón.

Volvemos al coche después de abandonar el bar con todos los ojos pendientes del culo de Yoli, que intenta estirar su minifalda sin éxito.

—¿No es un poco incómoda, así tan corta? —le pregunto.

—No, qué va. Todo es acostumbrarse.

En la autovía hay pocos coches, pero yo no me atrevo a correr. Yoli se ha desvelado y me cuenta en qué consiste la prueba que tendrá la semana que viene para la serie de televisión.

—Tengo que cantar y bailar. El papel es para una alumna de una escuela de interpretación.

—¿Qué edad tienes, Yoli?

—Treinta y uno.

—A lo mejor eres un poco mayor para interpretar a una alumna de una escuela.

—¿Tú crees?

—No sé. Con treinta y un años…

—¿Te importa que me vuelva a dormir?

—No, en absoluto.

—Ana, tú crees que yo soy tonta, ¿verdad?

—No, mujer, ¿por qué dices eso?

—Tan tonta no seré si sé que ahora mismo estás mintiendo.

Hasta Yoli antes de dormirse puede tener un pensamiento lúcido, incluso dos, como la idea de que Carlos quiere ser su padre.

El viaje se me está haciendo largo y sólo llevo la mitad. Creo que en la guantera tengo un CD que me pasó Luisa que me gustó bastante. Rufus, creo que se llama el cantante. Las rodillas de Yoli impiden que pueda abrir la guantera, pero no quiero despertarla, no sea que se vaya a poner a hablar. Empujo sutilmente con la mano su muslo izquierdo y éste desplaza el derecho hacia la puerta. De este modo, puedo abrir la guantera un poco y meter la mano hasta encontrar el CD. Aquí hay de todo: mecheros, los papeles del coche, llaves... Creo que lo tengo, es esto de aquí… Vuelvo por un instante la vista a la carretera y noto que estoy a punto de salirme de la autovía. Doy un volantazo y el coche se precipita hacia la mediana. Doy otro volantazo y el coche empieza a dar tumbos de un lado a otro sin que yo pueda hacer nada por controlarlo. Grito, Yoli grita más y, de repente, salimos de la autovía. El coche da botes sin control alguno y hace que Yoli y yo choquemos contra las puertas, el techo, contra el airbag y hasta entre nosotras mismas. Por fin, paramos súbitamente al chocar con algo, creo que es una piedra. El cristal se rompe y, de repente, se hacen el silencio y la oscuridad. Sale humo del motor. Estoy bien. Me duele un poco el brazo, pero creo que no es nada. Tengo pánico a mirar a Yoli, que todavía no ha hablado. La miro. Está con la cabeza recostada en el asiento y la cara cubierta de sangre. Toco su brazo con intención de que despierte. No recuerdo haber tenido más miedo en toda mi vida.

—¿Ana? —dice aturdida.

—¡¡¡Yoli!!!

—¿Estás bien?

—Yo sí, ¿cómo estás tú?

—Mareada. Me parece que me he roto la nariz. Me está sangrando mucho.

Yoli se reincorpora. Yo también. Nos tocamos comprobando que todo está en su sitio y que nada es demasiado grave. Salimos del coche. De una maleta saco una camiseta con la que Yoli se cubre la cara mientras se corta la hemorragia. Se sienta en el suelo y yo logro encontrar mi móvil debajo de uno de los asientos traseros. Llamo a emergencias. Las dos nos tumbamos a esperar ayuda.

—¡Mi prueba! ¡Qué putada, mi prueba! —se lamenta Yoli comprobando su nariz rota mientras se acercan a lo lejos las luces de dos coches de la Guardia Civil y de una ambulancia.

Carlos Pacheco publicó en su vida trece novelas. Dos antes de conocerme, nueve mientras estuvimos juntos y otras dos después de separarnos. Cada vez que Carlos se enfrentaba a una novela vivía dos momentos excepcionales que había que conocer para evitar ser desbordada emocionalmente. Uno se producía en las primeras semanas escribiendo y el otro en las posteriores a acabarla. Al inicio pensaba de sí mismo que era un escritor mediocre sin ninguna brillantez y después de terminar se definía como un artista cercano a la perfección.

No hubo ninguna novela que Carlos no quisiera dejar a las pocas semanas de comenzarla. En ese periodo vivía en permanente estado de ansiedad, apenas dormía y se despreciaba constantemente por su falta de talento. De pronto, un día, tras una jornada delante de la máquina de escribir —los primeros años— o del ordenador —en los últimos—, se levantaba de la silla con una expresión de felicidad en el rostro y decía: «La tengo». Eso significaba que a partir de ese momento la novela empezaba a fluir hasta el final. En ese proceso, que duraba más o menos seis meses, Carlos me leía cada noche lo que había escrito durante el día. No le gustaba que yo lo leyera en papel, tenía que leérmelo él. Después me pedía opinión. «Quiero más» era la frase que más le gustaba que le dijera cuando lo que escribía me interesaba. Si le discutía algo que no me había gustado, se desesperaba, se enfadaba sin reconocerlo y yo sé que, aunque nunca lo hizo, le daban ganas de echarme del despacho y hasta de insultarme. Lo sé porque me lo confesó muchas veces. Lo pasaba mal, se desestabilizaba cuando estábamos en desacuerdo en alguna escena o con lo que le ocurría a algún personaje. Sin embargo, era absolutamente permeable a mis sugerencias. A casi todas. Decenas de veces me dio la razón después de estos desencuentros y a las pocas horas rehacía lo escrito.

—Si no te gusta a ti, será por algo.

—Tampoco es eso —decía yo haciéndome falsamente la humilde.

—La verdad es que ya sabía yo que no era muy bueno —sentenciaba, dejando las cosas en su sitio.

Yo era el espejo en el que Carlos reflejaba lo que escribía.

Decía que la escritura tenía que conmover. El autor tenía que experimentar las sensaciones para transmitírselas al lector, provocarlas y abandonarse a ellas. Carlos escribía desde las tripas. Por supuesto que tenía oficio, pero cuando se le olvidaba, aunque sólo fuera en algunos pasajes de cada novela perdidos en medio de una trama, se producía una explosión de talento, angustia, autodestrucción y felicidad. La mejor forma que tenía Carlos de explicar el abandono para crear era a través de la contestación de un torero a la pregunta de «¿usted cuándo torea mejor?». La respuesta de ese torero fue: «Cuando me olvido de que tengo cuerpo».

Estoy tumbada en una ambulancia camino de un hospital en la provincia de León. Me voy acordando del otro momento álgido de Carlos cuando escribía: el de las semanas posteriores a acabar. En ese periodo estaba tan eufórico que daba miedo. Recuerdo que una vez le pegué una bofetada y le partí el labio a los tres días de acabar una novela. Pienso en el motivo por el que le pegué y no me arrepiento. De ese recuerdo me saca el médico que me atiende en las urgencias del hospital.

—¡Tranquilo, doctor, estoy bien!

—Mejor deje que eso lo diga yo... Ya sé que no es nada, pero déjeme que le haga unas pruebas. El accidente ha sido muy fuerte.

—¿Cómo está Yoli?

—¿Su nuera?

—¿Mi qué?

—Yolanda Martínez, la chica que viajaba con usted. Ella nos ha dicho que usted era su suegra.

—Bueno, da igual, ¿cómo está?

—Bien, bien. Le han colocado el tabique y, aunque será doloroso, no le quedará ninguna secuela.

—¿Cuándo podremos irnos?

—Mañana. Hoy se quedan aquí por precaución y mañana a casa.

Las palabras del médico me han sonado a música celestial. Lo único que quiero es dormir después de casi dos días sin hacerlo. Las radiografías, el electro, el TAC... todas las pruebas dicen que no tenemos nada grave, salvo mi distensión en el hombro y el desplazamiento del tabique nasal de Yoli. Un enfermero me sube a la habitación de planta que compartiremos. Ella ya está en la cama con unos esparadrapos en la nariz y los ojos un poco morados a la altura de las ojeras.

—¡Lo siento, Yoli!

—No te preocupes, no ha sido culpa tuya.

—¿Te duele?

—Un poco. ¿Y a ti?

—No. Lo mío no es nada.

—He llamado a Carlitos —me cuenta— para decirle lo que ha pasado.

—Yo también he hablado con él y le he tranquilizado.

—Ana, ¿mañana iremos a Asturias o volvemos a Madrid?

—No lo sé. Si te parece, lo decidimos mañana. Ahora quiero dormir.

—¡Buenas noches!

—Yoli, ¿te puedo pedir un favor?

—Claro.

—No vuelvas a llamar Carlitos a mi hijo.

—¿Y eso?

—Me he pasado veinticuatro años diciendo Carlos padre y Carlos hijo para diferenciarlos con tal de evitar pronunciar la palabra Carlitos.

—¡Mira, Ana! Me duele la nariz, la cabeza, tengo los ojos morados, no voy a poder ir a una prueba que era importante para mí y además tengo que pasar la noche contigo en la habitación de un hospital… ¡Perdona, pero yo llamaré Carlitos a tu hijo si me sale del coño...! Y, ahora, déjame dormir.

Carlos hijo nunca fue un estudiante ejemplar, pero, con más o menos apuros, sacó siempre los estudios sin repetir curso. De la carrera le queda sólo una asignatura: semántica, que espero que la apruebe de una vez para tener el título. Es un chico sano y deportista. En el colegio era uno de los mejores en las extraescolares de fútbol. Con once años le propusieron hacer una prueba con el Real Madrid, aunque nunca la llegó a hacer. Era un sábado a las nueve de la mañana. Yo ese fin de semana estaba en la feria del libro de Fráncfort, su padre se quedó dormido y nadie pudo llevarle.

Sé que no es virgen desde antes de cumplir los dieciséis porque una mañana le encontré en mi cama con una chica. Fue un día que regresé a casa a eso de las doce a recoger algo que se me había olvidado. La chica tampoco era mayor de edad, supongo que sería alguna compañera del instituto. Les escuché desde fuera de la habitación y entré de golpe. La niña pegó un grito de pánico que mi hijo tuvo que parar poniéndole la mano en la boca. Mientras se vestían, intenté hacerme la madre disgustada, pero no sé si me salió bien porque, la verdad, tampoco lo estaba tanto.

—¿Tú por qué no estás en el instituto?

—Hoy no ha habido clase.

—Pues la próxima vez te vas a tu cama.

La niña se vistió sin alzar la mirada del suelo. Casi no pude verle la cara. De ella me sorprendió mucho una imagen que retuve durante varias semanas, pero que no comenté con nadie. Tenía mucho vello púbico. Muchísimo. Pensaba que las chicas tan jóvenes irían depiladas casi del todo, pero ésta era, en ese sentido, como de otra época. La imagen me despistó bastante y no pude regañar a mi hijo de manera coherente.

—¡Marchaos de aquí y que sea la última vez!

Llamé a Carlos para contárselo, que esos días estaba en el pueblo viendo a sus padres. Después de decirle que había encontrado a Carlos con una chica en nuestra cama, su padre acertó a decir:

—¿Y qué?

—¡Joder, Carlos, tiene quince años!

—Bueno, yo también lo hice a esa edad. Y en la cama de mis padres. ¿No te lo había contado?

—No.

—Sí, mujer, con la hija del herrero en las fiestas…

—¡No sigas, anda!

—Y dime, ¿cómo era?

—¿Quién?

—La chica, ¡quién va a ser!

La última vez que estuvimos los tres juntos fue un mes antes de morir Carlos. Comimos arroz en un restaurante que hay por la plaza de Castilla repleto de ejecutivos con buen sueldo que quedan con otros de la misma especie para cerrar negocios. Yo propicié el encuentro, y ninguno de los dos acudió entusiasmado. Padre e hijo se llevaban bien, aunque a ninguno le apetecía casi nunca hablar de temas importantes con el otro. El hijo porque tenía miedo a defraudar y el padre porque temía frustrarse. Ese día noté a Carlos padre muy cansado, aunque no pude sospechar lo que sucedería sólo unas semanas más tarde.

Carlos hijo se presentó en la comida cojeando un poco.

—¿Qué te pasa? —preguntó su padre.

—Nada, jugando al fútbol.

—¡Ah! ¿Juegas al fútbol?

Comimos sin apenas hablar. Me daba pena que no tuviéramos mucho que decirnos.

—¿Sigues con Yoli? —pregunté antes de que trajeran el flan.

—Sí, mamá. Sigo con Yoli, encantado de la vida —me contestó, enfadado—. Y la pregunta que deberías hacer es «¿qué tal Yoli?», no si sigo con ella.

—Es sólo una manera de hablar —me justifiqué.

—¿Estás escribiendo algo? —preguntó Carlos, cambiando de tema.

—Sí, estoy haciendo el guion de un corto.

—¿Ahora te vas a pasar al cine? —dijo su padre, escéptico.

—Tengo un amigo que está estudiando cine y me ha pedido que le ayude.

—¿Y qué estás leyendo ahora? —intervine yo.

—Ahora no tengo mucho tiempo con la semántica.

—¿Qué tal la llevas, por cierto?

—Bien, bien.

—¿Terminaste la novela que te di de Doris Lessing?

—¡Tampoco es imprescindible! —dijo mi ex, irónico.

—Entonces, ¿qué tiene que leer? ¿El *Cossío?* —dije yo intentando serlo también, aunque sin conseguirlo.

—¡No empecéis! Ya leeré yo lo que me dé a mí la gana.

Carlos padre y yo tomamos café y un *gin-tonic.* Nuestro hijo tomó dos bolas de helado de chocolate y un té. Nos quedamos callados hasta que trajeron la cuenta.

—¿Cuándo vuelves a examinarte de semántica? —le pregunté cuando nos íbamos.

—Dentro de tres semanas.

—¡No sabía yo que en Filosofía se estudiara semántica! —participó Carlos padre.

Yo preferí no contestar, pero noté que mi hijo sintió esa frase como una agresión. Respiró y contestó a su padre con educación antes de marcharse.

—¡Papá, yo lo que estudio es Filología!

No nos dio tiempo a ir a Asturias. Yoli y yo regresamos al día siguiente a Madrid porque a mi suegro lo enterraron a las dos de la tarde y nosotras todavía no teníamos el alta. En los pueblos hacen estas cosas demasiado deprisa. Mi hijo también ha vuelto a Madrid. Dice que allí no le apetece seguir escribiendo después de lo que ha pasado. Además, su abuela no está muy bien. Me da pena mi suegra, tengo que llamarla de vez en cuando. No se me puede olvidar.

Luisa me dice que tenemos que ir buscando título y pensando en la portada. Está entusiasmada. Habla del plan de medios para ir calentando al público. La promoción se hará sola, ya sólo el morbo que despierta una novela inédita de un autor que acaba de morir es un reclamo inmejorable. La única duda es si la publicamos en Navidad o de cara a Sant Jordi, que son las mejores fechas. Está segura de que la novela reventará el mercado. Las dos estamos contentas por eso.

—La parte de Carlos Pacheco —opina Luisa— es fantástica.

—Lo mejor que ha escrito.

—¿Y cuándo me vas a dejar leer la parte de tu hijo?

—Es que le está costando un poco.

—¿Pero es buena?

—¡Claro!

—Ana, tú sabes que confío en ti, ¿verdad?

—Pues entonces sigue confiando.

Me hubiera gustado tener padres. Los tengo, claro, pero murieron cuando yo era una niña. Primero, mi madre, y al año, mi padre. Mi madre murió de cáncer y mi padre de cáncer y de pena. La enfermedad tardó tres años en acabar con mi madre y cinco meses con mi padre. Yo tenía once años cuando él murió. Soy hija única, así que me fui a vivir con mi abuela y con mi tía, la única hermana soltera de mi madre. Poco antes de que yo cumpliera los quince, se murió mi abuela, de vieja, y me quedé con mi tía un par de años. No mantengo ninguna relación con ella. No me gusta esa mujer. Nunca me gustó y los dos años que viví con ella son los peores que recuerdo. Tengo dos tíos más y algunos primos que me han invitado a sus bodas y a las comuniones de sus hijos, pero no tengo más relación que la de mandar un sms en Navidad. Con diecisiete años, a punto de entrar en la universidad, me fui de mi casa —aunque desde que murió mi abuela nunca la consideré como tal— para compartir algunos pisos de estudiantes hasta que en mi vida apareció Carlos.

Cuando recuerdo a mis padres, entiendo que los he intentado olvidar. Los recuerdos que tengo de ellos son de muy niña, del barrio donde vivíamos. Me acuerdo de una bici roja y mi padre ayudándome a montar a dos ruedas en un descampado, una Nancy a la que mi madre bañaba conmigo, el taxi que cogíamos los domingos para ir a ver a los abuelos y a los tíos, que vivían por Usera. Una tienda de ultramarinos que regentaba un tal señor Diego, muy bajito, y su señora, una mujer muy fea y muy alta de la que apenas recuerdo su cardado color rojo, una bata azul desgastada con la que atendía detrás del mostrador y un lunar marrón muy grande que tenía en una mejilla. Del señor Diego recuerdo que cojeaba, que tenía el pelo blanco y que siempre me daba una piruleta ante la mirada cómplice de mi madre, que se hacía la disgustada con el eterno: «Luego hay que comerse toda la comida». Apenas recuerdo la enfermedad de mis padres ni la tristeza que me dio su ausencia. Un día, mi vida era de una manera y, de repente, fue de otra muy distinta. Hasta que mi madre enfermó, creía que a mí no podría pasarme nada malo. Después me quedé sola y comencé a sentir que no podría pasarme nada bueno. Me equivoqué las dos veces. Ahora, hay muchos días que me despierto pensando que, pase lo que pase, en realidad nunca pasa nada. La vida va transcurriendo sin que podamos cambiarla. Hay otros días, sin embargo, que me levanto con la esperanza de volver a estar equivocada.

—¿Marta Sanchizdrián?

—Sí.

—Hola, soy Ana Santos.

—¿Qué tal...? Espera —me advierte—, que voy a salir del despacho para hablar más tranquila… ¡Dime!

—Quería hablar contigo sobre tu intención de que la novela no se publique en Uriarte.

—Ya habíamos hablado de eso.

—Me gustaría que dejaras en paz a mi hijo. Sé que no paras de llamarle.

—Creo que tiene derecho a saber la oferta que quiere hacerle el Grupo Tierra.

—Él quiere publicar en Uriarte y no tiene ninguna intención de verte.

—¿Ah, no?

—Pues claro que no… Marta, tú te crees muy lista, ¿verdad? Yo soy su madre, he hablado con él y sé perfectamente lo que quiere…

—¡Ana, espera un momento! —me interrumpe—. No cuelgues, que estoy volviendo a mi despacho. —Se mantiene un instante en silencio—. Es que aquí hay alguien conmigo que quiero que te salude…

—¿Qué dices? ¿De qué hablas…?

—¡Mamá!

—¿Carlos?

—¡¿Sí!?

Vuelvo a recordar cuando Carlos terminaba sus novelas y sufría una euforia desmedida. Si durante las primeras semanas escribiendo dudaba de todo, después de entregar a la editorial se sentía invulnerable, vital, hiperactivo. Parecía que tenía prisa por comerse el mundo. Aquello duraba otras dos o tres semanas, hasta que poco a poco se iba tranquilizando y volvía a vivir como una persona aparentemente normal. Ya dije que en uno de estos estados le pegué. Suena fuerte, pero creo que había que hacerlo, como a un niño incapaz de aceptar los límites. Una noche se fue de juerga y llegó a casa a las ocho de la mañana. Carlos hijo estaba todavía desayunando antes de ir al colegio. Debía de tener unos doce años. Llegó a casa pasado de todo, drogas, alcohol... Carlos hijo se dio cuenta, su cara de vergüenza me destrozó al ver a su padre haciendo esfuerzos por mantener el equilibrio. Mi hijo hundió su cabeza en el tazón de leche con cereales sin querer levantar la mirada.

—¡Anda, vete a dormir! —le dije, intentando por las buenas que desapareciera de la cocina.

—Pero ¿qué dices, cariñito? —contestó—. Si te he traído un regalito.

—¿Qué dices? ¡Estás borracho!

Carlos hijo empezó a llorar. Su llanto apenas hacía ruido, pero su rostro se enrojeció y sus ojos se llenaron de lágrimas que le resbalaban por la cara hasta caer al tazón de leche.

—¡Oye, tú! ¿Cómo te llamabas? —comenzó a gritar hacia la entrada—. ¡Pasa para dentro!

—¡Carlos! ¿Qué haces? —pregunté, temiéndome lo peor.

—¡Mamá, me quiero ir!

—¡No te preocupes, hijo!

—¡Ven aquí, guapa! —insistía, dirigiéndose a la puerta. Carlos arrastró de la mano a una chica joven que tampoco estaba allí por gusto y la metió en la cocina.

—Ésta es Ana, mi mujer, ¿a que es guapa...? ¿Y tú cómo te llamabas? ¡Da igual! Vamos a pasar un buen rato.

—¡Yo me voy! —dijo la chica, avergonzada al ver la escena.

—¡Te he pagado, así que te quedas!

—¡Mamá, por favor, vámonos! —me suplicó mi hijo entre sollozos.

—¡Eres un loco de mierda!

Ésa fue la última frase que acerté a decir antes de golpearle con toda la rabia que me cabía. Mi hijo salió de la cocina corriendo. Carlos se quedó inmóvil. De su labio comenzó a salir sangre que mojó primero su camisa, después su pantalón y más tarde el suelo de la cocina. Fui tras mi hijo, al que encontré sentado en un banco de la urbanización, tiritando de nervios. Le abracé con toda la fuerza que pude y lloramos los dos. Cuando volvimos a casa, Carlos ya no estaba. Se fue a vivir un mes a un hotel. Todos los días que estuvo fuera llamaba para pedirnos perdón, pero tardamos mucho tiempo en desprendernos de la tristeza que aquella mañana se apoderó de nosotros.

La novela de Noelia Regüela, la presentadora de televisión, no tiene mala pinta. La he hojeado por encima y puede ser cierto que no escriba mal. Me resisto a acatar la decisión de Luisa de ofrecer a la presentadora que publique con nosotros porque me molesta que la gente de la tele escriba libros. Algunos títulos de no ficción, pase, para que hablen de sus programas y esas cosas, pero que desde las editoriales se les encarguen novelas me parece una falta de respeto al resto de escritores. Ya sabemos que éste es un negocio como otro cualquiera y que se trata de ganar dinero, pero tampoco somos una constructora. Me refiero a cuando las constructoras ganaban dinero.

—Sí, todo lo que tú quieras, pero deberíamos llamarla —me dice Luisa.

—¿A Noelia Regüela?

—Sí. Ha vendido mucho y me han contado que no está muy contenta con Ediciones Rana.

—¿Y?

—Que estaría muy bien ficharla para Uriarte.

—No sabemos si seguirá escribiendo. Esa tía es presentadora de televisión... A saber si es ella quien escribe.

Luisa no quiere seguir hablando del tema de la presentadora y tampoco me saca el de la novela de Carlos. Estoy a punto de levantarme cuando me sorprende, una vez más.

—Por cierto, me ha gustado mucho el manuscrito que me dejaste del periodista deportivo ese. ¿Cómo se llama?

—Se llama Martín Gracia, pero yo a ti no te dejé ese manuscrito.

—¿Ah, no? Bueno, qué más da. El caso es que me ha gustado.

—A mí también, pero no me parece publicable.

—No estoy de acuerdo. El personaje del enano me parece genial. Yo apostaría por ese libro.

—Necesita mil retoques.

—Pues se le dan. Llama también a Martín Gracia y queda con él.

—Ya estuvo aquí y le dije que no le íbamos a publicar.

—Bueno, le llamaré yo y le diré que hemos cambiado de opinión.

—Va a alegrarse un montón. Es un buen tipo.

—Y guapo, ¿no?

—Bajito, pero está bien.

—Oye, Ana, ¿cómo va lo tuyo?

—Va bien, Luisa, ya queda menos para que puedas leerla entera.

—No —rectifica mi jefa, riendo—, si digo lo de dos años sin…

La gente cuando va en el Metro se vuelve fea. Lo da el lugar. Sobre todo por las mañanas. La fealdad de las personas en el Metro no es casual, se produce porque nadie quiere estar allí. Cenando en un restaurante en verano a la orilla del mar sucede todo lo contrario. El feo es normal, el normal es guapo y el guapo lo es mucho. Eso pasa porque esa gente está donde quiere estar.

Como yo esta noche, que estoy donde quiero estar. Y con quien quiero estar.

—¡Qué guapa estás!

—¡Ves!

—¿Cómo?

—Nada, perdona, es que estaba distraída... Muchas gracias, Enrique.

—¿Quieres elegir tú el vino?

—No. Prefiero que esta noche elijas tú el vino y la cena. Me voy a dejar llevar.

Enrique Caamaño tiene las manos enormes. Y las mueve bien. Es muy expresivo, cada frase la acompaña con un gesto de sus manos, que revolotean abriéndose, cerrándose hacia delante o hacia los lados para apoyar con pasión cada frase, cada cumplido, cada risa, cada pensamiento. Sus manos se mueven con tanta agilidad que parece que a los brazos les cuesta trabajo seguirlas. Nos ilumina apenas una vela. Me gusta este sitio y la cena con Enrique está siendo maravillosa. Me encanta este hombre. No sé por qué no me he dado cuenta antes.

—¿También voy a tener que elegir yo el postre? —me dice.

—Hasta ahora lo has hecho fenomenal. Así que…

—Un plato de fresas para compartir.

—Enrique, ¿por qué nunca has estado casado?

—Supongo que no habré encontrado a la persona.

—¿Has estado enamorado de alguien alguna vez?

—Claro, mujer. Lo que pasa es que no siempre uno es correspondido.

—No lo entiendo.

—Supongo que eso es un cumplido.

—Sí, lo es.

—Me he pasado media vida enamorado de alguien y… no pudo ser.

—¿Por qué?

—No sé, era demasiado complicado. Esa persona… Bueno, dejémoslo. Ya es tarde.

Enrique se emociona y bebe vino para tragar algo más que saliva. Está claro que quiere cambiar de tema y yo le ayudo. Poco a poco, la conversación toma otros caminos.

—¿A ti te gustaba ser policía?

—No lo sé. Nunca lo elegí. En mi casa todos los hombres lo eran y nunca se me ocurrió otra posibilidad.

—Hay veces que no se puede elegir si sólo se conoce una cosa.

—Bueno, yo creo que sí me gustaba ser policía a pesar de los tiros.

—¿Tiros?

—Tenía una habilidad innata para aparecer en todos los líos en los que había pistolas de por medio.

—¡Qué mala suerte!

—Sí. Conozco policías, entre otros mis hermanos, que en treinta años de profesión no han sacado la pistola y yo, cada vez que iba a un atraco, se armaba la de San Quintín.

Enrique cuenta con mucha gracia varios de esos tiroteos, el miedo que pasaba y el desconcierto que había en esos momentos.

—No es como en las películas —me explica—, que en un lado están los malos y en otro los buenos. En un tiroteo de verdad cada uno va por un lado y te juro que cuando disparas, no tienes muy claro a quién.

—¿Has matado a alguien alguna vez?

—¡Qué va! Yo no le daba a nadie, era malísimo.

Me da la risa y a él también. Me confiesa que había un momento en el que disparaba al aire y otro en el que todo acababa sin saber muy bien por qué.

—De repente, dejábamos de disparar, a lo mejor los malos huían o los deteníamos, pero cuando aquello paraba era una liberación. Si te soy sincero, en ese momento tienes tanto miedo que casi te da igual que huyan con tal de que acaben los tiros.

Estoy tan a gusto con Enrique que quiero seguir estándolo.

—De verdad que sigo sin entenderlo —digo, cambiando súbitamente de conversación.

—¿Qué es lo que no entiendes?

—Que alguien tan especial como tú siga solo.

—Gracias otra vez…

—Enrique, creo que no es tarde para estar con esa persona de la que has estado enamorado.

—Sí es tarde, Ana, créeme.

—¿Por qué?

—¡Vamos a dejarlo!

—Enrique, he visto cómo te has emocionado hace un momento. Sé que podemos intentarlo. Estoy deseando intentarlo. Me parece que he estado mucho tiempo ciega…

Enrique me coge la mano y me pide que me calle. Vuelve a coger su copa de vino y me mira profundamente a los ojos. Sé que por fin va a confesarse, así que espero, con respeto, que se tome el tiempo que necesite.

—Ana, he estado mucho tiempo enamorado de una persona. He tenido otras relaciones, claro, pero nunca he superado mi deseo de estar con ella. A lo mejor ahora es el momento de contártelo.

—Claro que sí. Ahora es el momento.

—Ana, toda la vida he estado enamorado de Carlos.

Mi hijo ha tardado tres semanas en decirme que pretende publicar la novela en Tierra. Tal y como suponía, Marta le ha convencido con una cifra económica como anticipo a la que en Uriarte no podemos llegar. Además, sigue empeñado en que tiene que buscar un final feliz para la novela, que es lo que el público quiere. Si su padre le oye pronunciar esa frase, lo mata. Hace mucho tiempo que no me manda nada de lo que escribe y eso me está poniendo nerviosa.

—Carlos, hazme caso. No te fíes de Marta.

—Es una buena agente.

—Ella no te considera un escritor, sólo el heredero de Carlos Pacheco. Te está utilizando.

—Tú tampoco me consideras un escritor.

—Eso es injusto. Yo estoy intentando que lo seas.

—No insistas, mamá. La novela de papá se publicará en Tierra.

Marta todavía vivía con Carlos cuando empezó a escribir la novela. Me encantaría que yo hubiera sido el motivo de su ruptura, porque en ella Carlos habla permanentemente de nosotros a través de Fernando y Elena. También me gustaría imaginar que quiere convencer a mi hijo de que es mejor publicar con Tierra por despecho. Me gustaría, pero son sólo fantasías, porque Marta tiene alma de agente y si mi editorial pagara más anticipo, convencería a Carlos de que la mejor opción es Uriarte.

—Déjame al menos que te ayude. Puedo aconsejarte bien.

—De acuerdo, pero tienes que respetar mi manera de escribir.

—Vale. Mándame todo lo que llevas y después te doy mi opinión. Debes de estar a punto de acabar.

—Ya queda menos.

—Y, por favor, prométeme que no entregarás la novela hasta que yo no la haya visto.

En el Manolo hay poca gente. Es esa hora de media tarde en la que es tarde para comer y pronto para tomar algo después de salir del trabajo. Una pareja en una mesa, dos chicas en otra y yo, que estoy en la barra, somos los únicos clientes. Hay un camarero ocupándose de las mesas y otros dos en la barra. Uno de ellos es «el tío bueno», bautizado así por Luisa y por mí ante el desconocimiento de su nombre. Debe de tener unos cuarenta años, unas poquitas canas en el pelo y muchas más en la barba. No es un hombre demasiado guapo, hasta que te mira. Cuando lo hace, te lo parece. Es alto, moreno, con los ojos grandes y muy expresivos. Tiene unas ojeras permanentes que le dan aspecto de estar un poco cansado. Parece uno de esos hombres a los que les es imposible pasar desapercibidos.

—¿Quiere otro té?

—Vale, gracias.

—¡Parece que su amiga tarda hoy en bajar!

—Hoy no he quedado con mi amiga.

—Disculpe, como casi siempre está usted con ella.

—He quedado con una autora.

—Trabajan ustedes en Ediciones Uriarte, ¿verdad?

—Qué bien informado le veo.

—Uno pregunta y se entera de las cosas.

Es la primera vez que le digo algo, aparte de lo que quiero tomar cada día, desde que entró aquí a trabajar. Me sirve el segundo té. Me parece que él también tenía ganas de hablar conmigo. Una vez roto el hielo, se queda frente a mí y empieza a hablar.

—A mí siempre me ha gustado escribir —me confiesa.

—¡Vaya por Dios! ¡Otro! —se me escapa.

—¿Cómo dice?

—No, nada, perdona…

En ese momento me tocan por la espalda.

—¿Ana?

—¡Noelia!

—Siento el retraso, pero se ha complicado la grabación del programa.

—No te preocupes, ¿nos sentamos?

—Éste es —me presenta al tipo que viene con ella— Nacho Clavado, mi representante.

Los tres ocupamos la mesa que hay al lado de una ventana en una esquina. Casi siempre está ocupada, pero hoy no hay problema. No sé si seré yo, que ando un poco desesperada, o la buena suerte, pero últimamente veo bastantes hombres guapos a mi alrededor. Así me parece el tal Nacho Clavado. También me da la impresión de que la relación de ambos no es sólo profesional, aunque sé por las revistas que la presentadora está casada desde hace varios años.

—Noelia —empiezo—, como te dije por teléfono, me ha gustado mucho tu novela.

—Muchas gracias.

—La verdad es que para ser de una presentadora de televisión está bastante bien… He pasado un buen rato leyéndola y eso, hoy en día, no es muy frecuente en este tipo de libros… Así que, para no dar más rodeos, quería comentarte la intención de Uriarte de contar contigo como autora para tu próxima novela...

—¡No!

Supongo que ese «¡no!» tan contundente que ha interrumpido de golpe mi oferta irá seguido de alguna explicación, pero la presentadora deja que transcurran los segundos en medio de un silencio que corta.

—¿No? —me repongo como puedo.

—¡No!

—¿Podría saber el motivo?

—Que me pareces un poquito sobrada, Ana. Te llamabas Ana, ¿no…?

Nacho Clavado no interviene. Se limita a esperar sin inmutarse la respuesta de su jefa. A mí me ha cogido a contrapié, no me imaginaba yo una reacción así de esta mujer. En la tele parece otra cosa.

—¿Qué quiere decir —continúa— que mi novela «está bastante bien para ser de una presentadora de televisión»?

—Bueno, yo lo que quiero decir es...

—¿Y qué es eso de —Noelia sigue a lo suyo— «en este tipo de libros»?

—Pues...

—Venía con la esperanza de publicar con vosotros una nueva novela, pero eso va a ser imposible. Gracias por tu tiempo.

Noelia Regüela hace una seña a su representante y se levantan a la barra a pagar. Dicen adiós los dos, pero ella no me da los dos besos de despedida.

—Era la de la tele, ¿no? —me pregunta el camarero «tío bueno».

—Sí.

—¡Qué pronto se ha ido! ¿Verdad?

—Demasiado.

—Es guapa, ¿eh?

—Mucho.

—¿Quiere tomar otro té?

—No, gracias... Así que tú también eres escritor.

—Bueno, me gusta. Pero nunca he pasado de algunos cuentos cortos. No debo de ser muy bueno.

—Como la mayoría.

—Perdone, ¿puedo saber su nombre?

—Me llamo Ana. ¿Y tú?

—Carlos.

—¡Joder!

Carlos, el camarero «tío bueno», no entiende por qué me entra la risa al escuchar su nombre. Debe de pensar que estoy loca. Yo también lo pienso.

Cuando conocí a Carlos yo me había acostado con cuatro chicos. En el instituto tuve dos novios, Manuel y Luis, y otros dos en los primeros cursos de universidad. Los dos primeros me convirtieron, a juicio de mi tía, según sus palabras, en una zorra o un putón. Me llamaba indistintamente de las dos formas. A mí, discutir con mi tía y sacarla de quicio era de las cosas que más me apetecían en el mundo y si para eso había que tener relaciones sexuales, pues se tenían, y además procurando que se enterara. Una vez dejé que me pillara en mi habitación con Manuel, el más moreno de mis dos novios. Abrió la puerta y le vio debajo de mí. Se puso a dar gritos como si nunca hubiera visto un hombre desnudo. Bueno, a juzgar por la eterna expresión agria de su rostro, a lo mejor nunca lo había visto. Por cierto, ahora, al recordar a estos dos novios, Manuel y Luis, y contarlo aquí, parece que las relaciones sexuales las mantenía con los dos a la vez. No. Era o con uno o con otro. En esa época ni me planteaba ese tipo de cosas.

Después apareció Carlos y con él me lo empecé a plantear todo. Con él sí que me comprometí, ya lo creo. Y, con el tiempo, formamos una pareja que a veces parecía como cualquier otra. Una vez, llevaríamos juntos siete u ocho años, fuimos a una psicóloga de parejas. Carlos necesitaba información de este tipo de terapias para una novela y me pidió que le acompañara. Acepté, pero con la condición de tomárnoslo en serio y contar la verdad a la terapeuta, a ver qué sacábamos en claro. Carlos aceptó el reto y a la semana teníamos hora con Amelia Torregrosa, una señora que pasaba de los cincuenta, elegante, pequeña y con aspecto frágil, maquillada hasta el extremo y con los pies más pequeños que jamás he visto. Llevaba unos zapatitos de tacón ancho que parecían del disfraz de una niña de seis años. Cuando a aquella señora le contábamos nuestras experiencias, no se inmutaba. Le hablábamos de tríos, orgías, hombres, mujeres, la intención permanente de Carlos de meter en nuestra cama a un travesti... Doña Amelia —yo la llamaba así, porque para mí era como una profesora— nos miraba fijamente a los dos, que estábamos frente a ella en un sofá de dos plazas, y durante las primeras sesiones concluía siempre con un pensamiento que a mí se me antojaba muy básico para una profesional: «No son cosas muy comunes, la verdad».

En el fondo, yo fui a aquellas sesiones con la íntima esperanza de que me dijeran que lo que hacíamos no estaba bien.

—Mire, doña Amelia…

—Te he dicho un montón de veces que no me llames doña Amelia.

—Mire, Amelia…

—Y mejor tutéame.

—Mira, Amelia…

—Así mejor. Es que tenemos que establecer un vínculo más estrecho y llamarnos de usted puede levantar ciertas barreras que no nos van a ayudar. Continúa, por favor.

—¡Eh….! Pues ya se me ha olvidado lo que te iba a decir.

La comunicación no era fácil, aunque a partir de la segunda semana empezamos a tocar algunos temas de interés que, aunque no terminaba de entender del todo, recuerdo que me parecían importantes.

—Ana, háblame de lo que para ti es el concepto «renunciar».

—¿Renunciar…? Pues no hacer lo que se quiere, creo.

—¿Y consentir?

—Hacer lo que no se quiere.

—¿Y elegir?

—Decidir lo que se hace.

Carlos nos miraba a doña Amelia y a mí con escepticismo. Sé que en su mente estaba tomando notas de ese personaje para su novela, aunque parecía no prestar demasiada atención al fondo de las cosas. Eso sí, le encantaba confundir.

—¿Esto es una terapia de pareja o una clase de primero de Filosofía?

—¿Estás de acuerdo con las definiciones de Ana? —le preguntó Amelia sin inmutarse ante su ofensa.

—Es que no estaba muy atento —dijo Carlos, burlón.

—Ana, ¿estás a gusto realizando este tipo de prácticas sexuales que me habéis descrito? —me preguntó Amelia.

—No siempre.

—Y tú, Carlos, ¿qué tienes que decir a eso?

—Que ninguna pareja hace siempre lo que quiere.

—No todas las parejas hacen orgías —se defendió Amelia.

—Unas parejas hacen orgías y otras visitan a los suegros los domingos: son cosas que no siempre tienen que apetecer.

Hay un episodio de la novela de Carlos que me excita especialmente. Fernando y Elena se han despertado desnudos en la cama. La noche anterior hubo fiesta en casa. Fernando las organiza y Elena se está acostumbrando a ellas. Al principio, le costaba, pero en las últimas lo ha pasado bien. En la primera lloró después de que la gente se fuera. Por vergüenza, sobre todo. Ahora disfruta y se divierte, aunque para empezar a sentirse bien necesita la ayuda de tres vodkas con Coca-Cola. A Elena no le gustan las drogas, un canuto antes de dormir es lo único que de verdad disfruta. Si se consumen otras cosas, ella suele abstenerse, a no ser que sea la única en hacerlo. No le gusta quedarse sola, así que si todos toman, ella se une. Anoche vino a casa una pareja y un chico joven. Los primeros están cerca de los cincuenta, con buen aspecto. Fea ella, pero con buen cuerpo, y él con una calva morena extremadamente brillante. Es alto, delgado y con los ojos claros. Teresa y Francesc, se llaman. El chico joven es absolutamente espectacular. Podría ser, si es que no lo es en realidad, un modelo de pasarela de alguna firma de alta costura. En la cena cuenta que está estudiando márketing en Estados Unidos, en una universidad en la que además compite en natación. No dice nada de ser modelo. Pasa largo rato contemplando el cuadro del pasillo en el que

Elena come sandía. Su nombre es Toni y, desde que entra en la casa, no para de seducir a Elena con un descaro que resultaría incómodo si no hubiera estado muy claro para lo que estaban todos allí. Teresa y Francesc, que llevan viviendo juntos desde hace casi veinte años, tienen un par de tiendas de antigüedades, una en Madrid y otra en Barcelona, de donde es él. Fernando cuenta que está preparando una exposición que le han pedido en una galería de San Francisco. Elena habla de su música y de lo mucho que disfrutaba haciendo conciertos en los bares de Madrid. Ya hace mucho tiempo que no toca. Termina la cena, llegan las copas y lo demás, y alguien baja la intensidad de la luz del salón.

—Me gustaría que Elena cantase algo —dice Toni.

—No, me da una vergüenza horrible.

—¡Venga! —la animan todos mientras Fernando le acerca la guitarra acústica.

Elena está a gusto. Canta seis o siete trozos de algunos temas y disfruta haciéndolo. Teresa y Francesc empiezan a besarse nada más concluir Elena su repertorio. Fernando anima con la mirada a Toni para que se acerque a Elena. Entre los dos la desnudan. Toni deja desnudo su torso, se desabrocha los botones del pantalón y deja a la vista el calzoncillo bajo el cual se marca su pene grueso y erecto. Elena está recostada en el sofá mientras Fernando besa sus pechos desnudos. No puede resistirse a tocar a Toni por dentro. Al sentir su dureza, gime de excitación. Fernando se va retirando y Toni cobra todo el protagonismo. En el sofá de enfrente, Teresa aprieta la cabeza de

Francesc entre sus piernas. Su gemido, constante y rítmico, se convierte en una especie de banda sonora para el resto. Toni se tumba en el sofá y Elena se sube encima de él. Poco a poco va encajándose en el cuerpo perfecto de Toni. No tarda ni dos minutos en correrse la primera vez. Toni permanece duro dentro de Elena, que tarda un rato en recuperar una respiración más suave. Toni, debajo de ella, acaricia sus pechos. Poco a poco, Elena recobra el aliento y la excitación. Esta vez empieza a moverse más suave encima de Toni, sintiendo cómo éste llega tan dentro que ya no puede llegar más. Elena siente cómo Fernando comienza a acariciarle la espalda, dibuja con sus manos la forma de su cintura, después la de sus glúteos, de adentro hacia afuera y de afuera hacia adentro. Ella sigue moviéndose encima de Toni mientras Fernando la acaricia por detrás con sus dedos. Elena intentó hace años practicar sexo anal, pero le dolió tanto que jamás ha vuelto a intentarlo. Esta noche, sin embargo, mientras apoya sus manos en el pecho de Toni, que se mueve dentro de ella lenta y profundamente, va dejando hacer a Fernando. Elena está tan excitada que tiene que contenerse para no correrse por segunda vez, quiere disfrutar al máximo lo que esta vez sí le apetece hacer. Fernando se ayuda de una crema para introducir un dedo que Elena siente como frío en su interior. Ningún dolor. Fernando empuja la espalda de Elena hacia Toni, al que ella besa mientras espera con deseo a que Fernando entre también dentro de ella. Lo hace despacio, muy poco a poco. Sólo al principio siente algo de molestia, pero está tan excitada que no le importa. Los movimientos de Fernando son cada vez más rápidos y profundos y Elena empieza a reconocer un placer diferente, nuevo hasta ahora. Se concentra en sentir dentro de ella a dos hombres, cierra los ojos y vive cada instante, cada movimiento, cómo va aumentando ese placer extraño que no quiere que acabe. Toni muerde su cuello al acabar y ella le abraza con fuerza mientras se concentra en seguir sintiendo a Fernando. Elena comienza a temblar de placer, su vientre vibra como si tuviera vida propia, al igual que su sexo, al que siente latir con fuerza. Intenta aguantar, pero no puede. Tiene un orgasmo largo y lento casi a la vez que Fernando. Elena sobre Toni y Fernando sobre Elena se desploman en el sofá, exhaustos. Tardaron tiempo en reparar en Teresa y Francesc, que habían acabado hacía rato y contemplaban la escena desde el sofá. Al parecer, la pareja de anticuarios suele participar en estas fiestas sólo para mirar y ser vistos, nunca practican sexo con otras personas. Es una manera distinta de interpretar la fidelidad. Elena se va a la cama antes de que se marchen los tres invitados de la casa. Desde su cuarto escucha cómo Fernando despide a la pareja y después a Toni, al que da un fajo de billetes. El chico guapo se paga sus estudios con este tipo de trabajos. Elena y Fernando se besan y duermen abrazados hasta casi la hora de comer del día siguiente.

Carlos escribe esta escena en uno de los pasajes de su novela. No ha necesitado recurrir a su imaginación para hacerlo. Lo único que le ha hecho falta ha sido memoria.

Luisa me llama por teléfono a mi mesa. Me dice que vaya. Noto que está preocupada.

—Ana, ¿qué pasa con la novela?

Mi jefa no espera a mi respuesta.

—Ayer —continúa— estuve con una editora de Tierra y me asegura que la novela de Carlos la van a publicar ellos. Han visto a tu hijo por allí acompañado de Marta Sanchizdrián.

—No te preocupes. Simplemente, está valorando una oferta económica.

—No es eso lo que me han dicho. Creo que ya están preparando el contrato con un anticipo millonario.

—Luisa, tienes que seguir confiando en mí. Conozco a Carlos y sé que la novela la publicaremos aquí, en Uriarte.

Mi jefa prefiere creerme, sobre todo porque no le queda más remedio.

—¿Dejó Carlos título para la novela?

—No.

—Mejor, eso nunca fue su fuerte. Tenemos que empezar a darle vueltas si queremos salir en Sant Jordi.

—Tranquila, todavía hay tiempo.

—¿Cuándo podré leer la segunda parte?

—Ten paciencia.

—¡Joder, Ana! —se desespera—. Vale ya. Nos lo estamos jugando todo. ¡Háblame claro, por Dios!

Valoro muy seriamente contarle toda la verdad. Estoy a punto de hacerlo, pero me interrumpen tres toques de nudillo en la puerta del despacho. La puerta se abre.

—¿Se puede?

Es Martín Gracia, el periodista deportivo, que, al comprobar que Luisa no está sola, se disculpa.

—¡Lo siento, creía que estabas sola!

—No te preocupes, pasa —se tranquiliza Luisa.

—Hombre, Martín —le saludo amablemente.

—¿Qué tal, Ana?

—Bien, gracias. Ya me ha dicho Luisa que puede que publiquemos finalmente tu novela.

—¡Ojalá!

—¿Te vienes a comer con nosotros? —me invita Luisa con ganas de que diga que no.

—No puedo. Tengo un montón de lío.

Elena está sola en casa. Fernando se ha ido a Londres a visitar a algunos directores de galerías de arte para preparar una nueva exposición. Estará varias semanas fuera. Nunca se separan tanto tiempo. A Elena le apetece quedarse sola. No tiene ningún plan concreto: ir al cine, cocinar, salir a correr por el Retiro, leer revistas, masturbarse mientras ve alguna película porno. Carlos describe los pensamientos de Elena con tal precisión que me da vergüenza. Leyendo, descubro lo mucho que sabía Carlos de mí. También compruebo que es capaz de respetarme más de lo que lo hago yo misma. En la novela, es imposible no empatizar con Elena, no sé si en mi vida real es tan fácil hacerlo conmigo. Si esa chica soy yo, me gusto más de lo que creía.

Elena estaba sola cuando conoció a Fernando. Ella también es huérfana. El pintor se convierte en el único mundo de Elena desde el momento en el que empezaron. Elena no se hace preguntas sobre cómo es su relación, simplemente la vive.

Los tres capítulos de la novela en los que Fernando está en Londres y Elena se queda sola en Madrid son posiblemente los más desoladores que ha escrito Carlos en toda su vida. Ella da vueltas por la casa, como una adolescente, escuchando música a todo volumen, cantando a voces ayudada por un micrófono invisible que sostiene con el puño cerrado. Baila sexy delante del espejo y duerme desnuda en el sofá. Pasan los días y Elena quiere salir de casa. No llama a nadie, porque no tiene a quién llamar. Los músicos del grupo en el que ya no toca no están en Madrid y en la agenda de su móvil no hay nadie que no tenga que ver con Fernando. No pasa nada. Una mañana sale a pasear. Pasa horas andando, viendo escaparates y observando a la gente. Entra a un restaurante caro a comer y coquetea con un camarero joven que le sirve la comida. Junto con la tarjeta de crédito, Elena le da al camarero una servilleta de papel en la que ha apuntado su móvil. No había pasado ni media hora desde que había abandonado el restaurante cuando el camarero la llamó. Se citaron en una cafetería de la Gran Vía antes de subir a una pensión que alquilaba habitaciones por horas. Elena empujó al camarero en la cama y se subió encima. Ella sólo se quitó las bragas y a él le bajó los pantalones y los calzoncillos. Ni los zapatos le dejó quitarse. Elena se movió unas cuantas veces con el camarero dentro hasta que éste se corrió.

Volvió a casa y, a medida que pasaban los días, Elena tenía menos ganas de bailar frente al espejo, de cantar con micrófonos invisibles, de disfrutar de su desnudez. Elena padece su soledad y la claustrofobia se va apoderando de ella. No tiene salida, porque no tiene presente ni pasado al que aferrarse. La soledad absoluta de una vida que ha construido en torno a Fernando. Lleva algunos días sin ducharse y apenas come algunas latas de conservas que no le están sentando bien. Elena baja al sótano, donde trabaja Fernando. Es su estudio, repleto de cuadros, bocetos, pinceles, lienzos. En ese sótano en el que pinta Fernando es posiblemente en el único sitio en el que Elena tiene presencia. Allí sí tiene función, es necesaria. Elena observa los cuadros acabados, otros en los que Fernando aún trabaja, los dibujos a lápiz y algunas notas que Fernando escribe sobre ideas que ella le ha dado en algún momento. Elena está en cada uno de los rincones de ese sótano. Pero sólo allí. Una planta más arriba no existe. Sin ira, sin violencia, moviéndose despacio, Elena coge un mechero y prende fuego al estudio. El material inflamable que contienen algunas pinturas hace que todo arda rápidamente. Con la misma tranquilidad con la que ha provocado el incendio, sube a la planta de arriba y llama a emergencias para pedir auxilio a los bomberos. Cuando éstos llegan, todo el trabajo de Fernando se ha convertido en cenizas. A pesar de la desolación, del caos del incendio, cuando leo esa escena escrita por Carlos es inevitable sentir alegría.

Mi hijo me acaba de enviar un mail con lo último que ha escrito. Dice que sólo le quedan ajustar algunas escenas y escribir el último capítulo de la novela de su padre. Miedo me da. Lo primero que descubro cuando abro el mail es que la segunda parte que ha escrito él es el doble de larga que la que dejó su padre. Carlos Pacheco jamás escribió novelas largas. En la editorial siempre le decían que los libros cortos no pueden venderse muy caros y le instaban, siempre que empezaba una novela, a que fuera un poco más larga que la anterior. Casi nunca cumplía. Alguien me dijo una vez que de cada cien escritores, noventa y nueve escriben de más y uno de menos: Carlos era ése. Lo leeré todo en casa con más detenimiento, pero no me resisto a llamarle.

—¿Diga?

—¡Hola, Yoli! ¿Está Carlos? Es que no coge el móvil.

—No, ha salido.

—Cuando le veas, dile que me llame.

—¿Es urgente?

—No. Sólo quiero comentarle una cosa.

—¿De la novela?

—Sí, de la novela.

—Está muy nervioso por conocer tu opinión. Intenta no ser muy dura con él.

—¿Tú la has leído?

—No me deja... ¡Oye, Ana! —cambia de conversación—. Creo que la Marta esa le va a volver loco.

—¿Qué pasa con Marta?

—Que no para de presionarle. Le está llamando todo el día. Ahora creo que está con ella.

—Yo pensaba que tú querías que Carlos hiciera caso a Marta y decidiera publicar con Tierra.

—Tú aciertas pocas veces cuando piensas sobre mí. En fin —continúa Yoli sin que yo diga nada—, cuando venga Carlos le digo que te llame.

Jamás he ido a un psicólogo. Salvo a Amelia Torregrosa, la terapeuta de parejas. Algunas veces he tenido la tentación de ir a una para mí sola y allí contar la verdad. Luisa me ha insistido alguna vez, diciéndome que me iría bien. Cuando la gente te recomienda ir al psicólogo o al psiquiatra, añade después que todo el mundo debería ir. Es una manera de consolarte. No sé bien para qué sirven, no sabría por dónde empezar a contarle, no tengo ni idea de cuál es el origen del problema porque tampoco sé cuál es el problema. A lo mejor no reflexiono de forma correcta para averiguarlo, porque cuando me miro a mí misma, siempre llego a callejones sin salida. Así que tampoco pierdo el tiempo en investigarme. No me compensa. ¿Para qué mirarme si no sé si lo que veo va a gustarme? Lo único que sé hacer es seguir hacia delante porque pararme me da miedo. Me muevo por inercia, como esos aparatos de bolas metálicas que se golpean entre sí y nunca se detienen. Eternamente moviéndose sin que pase nada, sin alterar nada a su alrededor. Todo su movimiento es inútil. Muchas veces yo soy igual, me muevo sin parar, pero no en línea recta, y creo que con frecuencia puedo volver al mismo punto de partida exhausta por el esfuerzo y sin haber avanzado ni un metro. Estoy ya muy cansada de moverme así.

No he vuelto a hablar con Enrique desde que me confesó su amor por Carlos la noche en la que cenamos juntos. Han pasado muchos días y tengo que decirle algo. He quedado con él en el Manolo, donde Carlos, el camarero que escribe, me pone una Coca-Cola con hielo y sin limón mientras espero.

—¿Le pongo unas patatitas?

—Carlos, no me llames de usted. Y sí, pónmelas, que tengo hambre.

Carlos me las trae acompañadas de un plato inmenso de aceitunas, un poco de tortilla de patata y una tapa de paella.

—Una tapita, invitación de la casa.

—¿Una tapita? Con esto ya como.

Que se llame Carlos y que quiera ser escritor son detalles muy en su contra, pero es imposible negar que este chico tan amable es irresistiblemente sexy.

—¿Sigues escribiendo?

—Cuando saco tiempo.

—El otro día leí algo que me hizo pensar en ti.

—¿En mí?

—Sí. Era una historia de una chica que estaba comiendo en un restaurante y el camarero que la atendía me recordó a ti.

—¿Y qué pasaba entre ellos?

Enrique se aproxima a nuestra mesa interrumpiendo la conversación. Carlos me guiña un ojo antes de ir a atender otra mesa. Creo que voy a tenerle que contar el final de lo que leí antes de marcharme. Tardo unos segundos en recomponerme. Ahora tengo delante de mí a Enrique, que se sorprende de que esté comiendo tan pronto.

—No, no. Es una tapa que me ha puesto el camarero.

—¡Joder con la tapa!

—Coge un poco de tortilla. Está buenísima.

—¿Qué tal estás, Ana? ¡Te veo bien!

—Bueno, estoy tomando algunas decisiones que no me quedaba más remedio que tomar.

—¿Cómo va lo de la novela?

—Bien, bien. Mi hijo va avanzando y pronto la tendrá lista.

—He oído que la va a publicar Tierra.

—No, finalmente la publicará con nosotros.

—¿Cómo estás tan segura?

—Porque le conozco.

—¿Para qué querías verme?

—Ya te he dicho que estoy tomando algunas decisiones y una de ellas tiene que ver contigo.

—Pues cuéntame.

—Que no quiero perderte.

—No te entiendo.

—No hay nada que entender. Simplemente, quiero que seas mi amigo. Eres una de las mejores personas que conozco. Te admiro, confío en ti y quiero tenerte cerca, a pesar de…

—Eso, a pesar de… —Se ríe.

—¿Carlos sabía lo que sentías por él?

—Ana, Carlos era una persona muy inteligente.

—¿Pero estuvisteis juntos alguna vez?

—¿Eso es morbo?

—Un poco. —Nos reímos a la vez.

—No, nunca estuvimos juntos.

—Nunca habría dicho que eres homosexual.

—No te fíes de las apariencias.

—El día que me lo confesaste estaba loca por acostarme contigo.

—¡Lo sé!

—Pero, bueno, ya me he recuperado.

—Ana, eres una tía maravillosa. Si me gustaran las mujeres…

—Anda, anda. No me consueles, que no lo soporto.

—Me alegro de verte bien. Puedo invitarte a cenar este viernes.

—Será un placer, señor inspector.

Enrique se va después de darnos un abrazo maravilloso en el que he estado a punto de llorar. Él creo que también. Tardo en recomponerme. Mi camarero escritor viene a sacarme del trance.

—¿Un café?

—Solo, por favor.

Se lleva todos los platos de mi mesa y me trae el café mirándome a los ojos.

—¿Cómo acabó la cosa entre el camarero y la clienta?

—Ella le daba su número de móvil junto con la cuenta y esa misma tarde acababan en la cama de una pensión.

—¿Y esa historia te recordó a mí?

—Es sólo literatura.

—Voy a preparar la cuenta.

El camarero vuelve con el platito en el que va la cuenta. Me ha cobrado sólo la Coca-Cola y el café. En el tique ha escrito su móvil.

—No pienso jugármela a que no me des el tuyo —me explica—. Hoy salgo a las siete.

Hace frío. Esta mañana salí de casa sólo con una cazadora vaquera que no abriga nada, aunque me quede estupendamente. Creo que hoy estoy guapa, y si yo lo creo, seguro que lo estoy. Camino por la calle y en los cristales de los escaparates me veo bien, no me resisto a seguir mirándome. Mirarse en los cristales es algo que hace todo el mundo, así que no sé por qué hay que hacerlo con disimulo. Me suena el móvil. Es mi hijo.

—¡Hola, cariño!

—Hola, mamá. Me ha dicho Yoli que te llamara. ¿Lo has leído ya?

—Muy por encima. Lo voy a leer esta noche tranquilamente, pero en principio el texto me ha parecido muy largo. Las novelas de tu padre siempre han sido cortas.

—Eso me dijo Marta.

—¿Se lo has enseñado?

—No, tranquila. Le he dicho que habrá aproximadamente unos trescientos folios y se ha puesto muy contenta por eso.

—Carlos, me gustaría que vinieras mañana por la noche a casa. Cenamos y hablamos.

—¿Lo habrás leído todo para entonces?

—Seguro.

He tenido tiempo para llegar a casa, ducharme, ponerme un vestido y pintarme la raya de los ojos. Carlos el camarero y yo no hemos hablado mucho por teléfono. Apenas me ha preguntado si tenía ginebra y me ha dicho que nada más salir del bar vendrá a mi casa. Todavía no son las ocho y ya está llamando al portero automático. Es guapo, pero no se le nota demasiado que lo sabe. Sin la chaqueta blanca de camarero gana mucho. Lleva una camiseta verde oscura y encima una cazadora negra de tela. Cuando se la quita, descubro que en su antebrazo derecho lleva un tatuaje con el nombre de Martina. Es fuerte y me parece muy seguro de sí mismo. Me dice que le encantan las mujeres que toman la iniciativa. Me besa. Me dejo besar. Mientras sirvo los *gin-tonics* le confieso que, a pesar de haberle llamado yo, llevo mucho tiempo sin estar con un hombre. No le da mucha importancia a lo que le cuento, quizá porque no me cree. Se pasea por mi salón con la copa en la mano observando todo y haciendo comentarios sobre fotos, algún cuadro, los libros de la estantería... Estoy muy excitada, me apetece que se abalance sobre mí en el sofá y dejarme llevar. Creo que estamos tardando mucho en empezar. Hay un momento de silencio que el camarero rompe con una pregunta: «¿Dónde está tu dormitorio?». Me parece frío. Me levanto del sofá, le cojo de la mano y le llevo a la habitación. Nos besamos a los pies de la cama. No tarda en levantarme el vestido y quitármelo por el cuello. No llevo sujetador. Me tumba en la cama boca arriba y él se desnuda completamente delante de mí. Lo que veo me gusta. Me gusta mucho. Se arrodilla y me quita el tanga negro que llevo. Sin más preámbulos, mete su cara entre mis piernas y empieza a comerme. Comienzo a temblar. Ha pasado demasiado tiempo desde la última vez. Nada más rozarme con su lengua, no hay duda de que el camarero sabe muy bien lo que hace. Yo me dejo hacer. No sólo disfruto de lo que me hace, sino de haber tomado la decisión por fin de acabar con esta inactividad sexual. Siento placer y felicidad. Carlos está pasándolo bien ahí abajo. Si no fuera así, no podría hacerlo de manera tan perfecta. Le gusto y se nota. Hay un momento en que le pido que pare, porque no quiero acabar tan pronto. A mí también me apetece su cuerpo. Estoy un poco acelerada y él lo nota. Me ayuda a calmarme. Ahora, más despacio, sigo dedicada a él. Noto cómo se excita y yo me excito aún más. Todavía tumbado, me pide que me suba encima de él. Lo hago y, cuando le noto dentro, siento un placer que casi no recordaba. Es la primera vez que estoy con él, pero es suficiente para reconocer que este hombre tan guapo es también un gran amante. He pasado mucho tiempo encima de él y otro tanto debajo. Me ha dado placer con todas las partes de su cuerpo y ha habido algún momento en el que he estado a punto de marearme. He sido yo quien ha tenido que pedirle que acabara porque sabía que no podía más. Durante unos minutos hemos estado intentando recuperar el aliento.

—No he notado que llevaras tanto tiempo sin practicar sexo —me dice.

—Yo sí lo he notado, créeme.

—¿Quieres que me quede?

—Es mejor que te vayas. Tengo que descansar, mañana tengo un día muy duro.

Carlos prefiere no ducharse. Le veo vestirse tumbada en la cama.

—¿Quién es Martina?

—Mi hija. Tiene diez años. ¿Tú tienes hijos?

—Sí. Uno. Se llama como tú y tiene veinticuatro años.

—Ana, me encantaría volver a verte.

—Después de lo de hoy —le confieso—, dalo por hecho.

El final de la novela de mi hijo es tal cual me lo imaginaba. Llevo leyendo todo el día, ni siquiera me he duchado. He comido sólo un par de sándwiches desde que me he levantado y voy camino de terminarme la segunda cafetera. Carlos está sentado en el salón, esperando mi opinión.

—¿Qué quieres cenar?

—¿Qué hay?

—La verdad es que no mucho. Me he pasado todo el día leyendo y no me ha dado tiempo a ir a la compra.

—¿Hacemos una pizza?

—Vale. La tengo de cuatro quesos.

Mientras se la come, se bebe un par de latas de Coca-Cola. Hago otra cafetera, le sirvo a él un manchado de café y me pongo uno solo para mí.

—¿Qué te ha parecido la novela? Y, por favor, mamá, dime la verdad.

—No me ha gustado.

—¿Por qué?

—Porque no es buena. Y, además, no parece de tu padre.

—Es que no es de mi padre.

—De todas formas, no hay por dónde cogerla.

—¡Qué fácil te resulta decirme que soy una mierda de escritor!

—Yo no he dicho eso. Te aseguro que no es fácil decirte lo que pienso de lo que has escrito.

—A mí me parece que disfrutas.

—Eso es injusto. Me has pedido mi opinión y te la estoy dando.

—¿Les hablas así a todos los autores?

—Ellos no son mis hijos.

Carlos amenaza con irse, pero le invito a que nos tranquilicemos. Hay todavía muchas cosas de las que hablar.

—¿Otro café?

—¿No decías que había que tranquilizarse? —dice con buen tono—. ¡Venga, el último!

Los sirvo, encendemos dos cigarros y vamos al sofá. Quiero argumentarle mi opinión.

—Lo primero es que es muy larga.

—Eso nunca les importa a las editoriales. Marta está encantada.

—No me extraña. En este negocio se van a acabar encargando las novelas al peso para venderlas más caras.

—Puedo quitar cosas y hacerla más corta.

—Créeme, tienes que hacerlo. Tu padre era un escritor muy directo. Parecen dos novelas distintas.

—Con sinceridad, ¿hay algo de la novela que te haya gustado?

—Las descripciones son buenas. Eso lo haces muy bien.

—¡Vaya! ¿Sólo eso?

—Aparte de larga, me parece simple, y has convertido en incoherente todo el planteamiento que hizo tu padre en la parte que dejó escrita. No has entendido a los personajes, ni cómo son, ni lo que les pasa. Hay folios y más folios sin nada. Si publicas esto, se acabó tu carrera como autor.

—Marta me ha dicho que seguiré publicando en Tierra.

—No entiendes nada. A Marta le da igual cómo sea la novela. Van a vender un millón de ejemplares nada más publicarla. Es sólo un negocio.

—Yo también saldré ganando.

—¡El dinero es lo único que te importa!

—¿Y qué me debería importar?

—Tu carrera como escritor y aprovechar la oportunidad que te ha dado tu padre.

—¿Mi padre? ¿Acaso le importé yo a él?

—Sí le importabas. A su manera.

—¡No es verdad! No me hizo caso jamás. —La voz y la mirada de Carlos se llenan de rabia.

Tengo la tentación de llevarle la contraria hablándole de la carta. Aunque no quiera contarle la verdad, tampoco quiero insistir en algo que es mentira. Prefiero quedarme callada.

—Yo sólo quería un padre normal —continúa— que me regañara si hacía algo mal, que me llevara al cine, que jugara conmigo, al que le interesara algo de lo que hacía.

—Tu padre no era una persona normal, era un artista.

—¿Un artista? Mi padre era un egoísta al que no le importaba nada, salvo él mismo.

—¡Creo que te estás pasando!

—Sabes que llevo razón —continúa sin darme oportunidad—. Yo nunca le importé. Y tú tampoco.

Carlos está de pie y yo sentada en el sofá. Apago el último cigarro y me recuesto. Desde aquí veo a mi hijo muy grande. No tengo mucho que decir, prefiero escucharle. Hace tiempo que no lo hago. Carlos busca algún cigarrillo sin conseguirlo.

—¿Ya no queda tabaco?

—No. Me acabo de fumar el último.

—Voy a bajar al bar. ¿Te compro?

—Vale, yo voy a tomar un *gin-tonic.* ¿Quieres algo?

—No, ahora subo.

Mientras Carlos va a por tabaco, yo me sirvo una copa y vuelvo al sofá. No tarda ni cinco minutos en abrir la puerta. Abrimos el paquete con ansiedad y encendemos los cigarros. Nunca había hablado de esta forma con mi hijo. Le siento muy cerca a pesar de todo lo que nos estamos diciendo.

—¿Cómo la vas a firmar? —le pregunto.

—Carlos Santos. Ya sabes que quería utilizar tu apellido. El Pérez no me gusta y el Pacheco menos.

—¡Carlos Santos! Suena bien.

—La novela tendrá dos partes, cada una llevará una firma.

—¿Y en Tierra qué dicen de eso?

—Nada, creo.

—¿Has pensado algún título?

—*Novela in-acabada.* En la portada el «in» se tacha con rojo.

—Es una buena idea. ¿Es tuya?

—Sí. Voy a proponer también que en la portada ponga «La novela que no pudo acabar el padre, la acabó su hijo». Era eso lo que papá quería, ¿verdad?

—Estoy segura de que él también habría querido que esa novela se publicara en Uriarte.

—¡Pues que la hubiera terminado!

—Carlos, no es bueno tanto rencor —le digo, dándome un poco por vencida.

—Algunas veces el rencor es algo necesario.

—Si publicas en Tierra, me vas a defraudar.

—¡Tú también me has defraudado a mí muchas veces!

Esa frase me deja tan tocada que no sé qué contestar. Me ha hecho daño. Carlos se ha dado cuenta y evita continuar. Permanecemos un rato en silencio. En mi cabeza retumba su última frase una y otra vez. Mi hijo se levanta del sofá para darme dos besos antes de marcharse.

—Carlos, yo siempre te he querido.

—Sí, pero entre él y yo, siempre le elegiste a él.

Carlos, mi ex, decía que él no era más que un torero frustrado. Nunca intentó serlo porque se aficionó tarde a los toros. En Asturias apenas sabía que existían y no fue hasta su llegada a Madrid cuando descubrió ese espectáculo al que consideraba la más pura expresión artística. Cuando se ponía radical, decía que el resto de las artes eran en el fondo superficiales, porque ninguna de ellas dolía al interpretarlas. «El toreo es el único arte verdadero. Eso que dicen los *artistitas* del dolor del alma —argumentaba— es una mariconada. Lo que duele es un cuerno cortando tu piel y tus músculos cuando abandonas el cuerpo para crear. El toreo es verdad, lo que hacemos los escritores, los pintores, los músicos... es sólo un oficio estético en el mejor de los casos». Carlos fue amigo de muchos toreros, algunos importantes, pero la mayoría marginales. Banderilleros viejos, algún enano de los espectáculos cómicos, toreros lisiados por cogidas en pueblos olvidados... A Carlos siempre le interesaron más los límites que la normalidad. En eso también fue coherente toda su vida.

Elena ha comprendido que su historia con Fernando tiene que terminar ya para no acabar destrozada. Lo sabe.

Le pesa tanto sobre sus espaldas esa rutina que no es capaz de aguantarla. Le asusta la vida sin él y cree que no tendrá fuerzas para construir de nuevo otro mundo. Da igual. No puede vivir más tiempo viviendo la vida de Fernando. En este punto, Carlos terminó de escribir. La última línea es el final del diálogo en el que Elena rompe con Fernando. Él pregunta el motivo y ella contesta simplemente:

—¡Porque quiero ser normal!

Carlos escribió algunas de sus novelas a base de intuición. Muchas mañanas se sentaba delante del ordenador sin saber lo que iba a escribir, dejándose llevar hacia donde fueran sus dedos en el teclado. No era un escritor al que le interesara demasiado hipotecarse a una trama, sabiendo en todo momento lo que iba a pasar. Siempre decía que lo único que realmente hay que tener claro es el personaje principal. Hay que conocerle en profundidad, saber cómo es, en qué momento está y todo lo que hay en él que no se ve. El personaje es lo más importante que hay en una novela, lo que le pase es secundario. Puede ser madre, espía, peluquera o puta, tener una vida rutinaria en un barrio de Madrid o ser terrorista en Irlanda. Ésas son cosas menores. Pensando en sus personajes diría que siempre fueron seres muy coherentes que no paraban de equivocarse. En eso estaban hechos a su imagen y semejanza.

Carlos escribía siempre con ruido de fondo. La señora de la limpieza, la radio, noticias en la tele. Había algunos pasajes en sus novelas que parecían no entenderse. Escribía algunas escenas con líneas de diálogo que podían interpretarse de una manera y de la manera contraria hasta que en un momento, casi siempre al final de los libros, daba una clave que hacía que todo cobrase sentido. Él, ya lo he dicho, no admiraba a muchos escritores porque su admiración iba dirigida a personas que hacían cosas que él se consideraba incapaz de realizar: músicos, toreros, pintores... Para escritores, ya estaba él. Sólo había una excepción, un amigo suyo con el que a menudo jugaba a las cartas y del único que le he escuchado decir: «Donde llega él, no soy capaz de llegar yo». Un autor genial cuya escritura era más un alboroto de ideas que un relato con una mínima consistencia. En sus libros siempre había pasajes sublimes, pero ninguno de ellos podría considerarse realmente redondo. Era un tipo excéntrico, un bohemio de verdad cuyo talento nunca rentabilizó al ser incapaz de trabajar bajo una mínima estructura. En una época de su vida publicó algunos ensayos que fueron referencia y, a consecuencia de ello, algunos diarios se interesaron en él como articulista. El resultado fue un desastre: escribía artículos de veinte o veinticinco folios, llenos de ideas geniales, pero imposibles de publicar por su extensión. Ni los artículos ni los ensayos tenían ningún orden. Lo mejor era la explicación que él mismo daba a su caos a la hora de escribir: «Yo sé tejer, pero no sé hacer jerséis».

Luisa está con Martín Gracia. Me cuenta por teléfono que se han liado un par de veces, pero, por su tono de voz, me parece que se lo está tomando en serio. Él le ha hablado de la noche en la que salí huyendo de su apartamento, todavía no sé por qué. Luisa me lo ha agradecido, porque si me hubiera quedado, no habría sido lo mismo. Martín la tiene loca y, por lo que intuyo, aunque Luisa no entra en detalles, mi jefa está muy satisfecha en todos los sentidos. Está bien que así sea, aunque, al parecer, lo que decidí perderme aquella noche era algo bueno. Antes de colgar he tenido la tentación de contarle un montón de detalles de mi relación con el camarero guapo del Manolo, pero no le he querido robar protagonismo a su historia.

Casi no he pisado la calle durante la última semana. Sólo para comprar lo necesario y tomarme algún café en el bar de abajo. No he hablado con mi hijo en todos estos días. Sí lo he hecho con Yoli.

Carlos, el camarero, ha venido un par de veces a visitarme. Me encanta llamarle, que acuda y que se marche poco después de terminar. No quiero que haya ningún vínculo con él, y no porque no pudiera haberlo. Me parece que es un tipo que podría llegar a gustarme mucho, pero ahora estoy en otra cosa. Quizá en otro momento.

El cine y los libros hicieron de mí lo que soy. Con ellos aprendí a pensar, a relacionarme, incluso a saber lo que está bien o mal. Nadie me lo enseñó. A mis padres no les dio tiempo y de ellos sólo recuerdo su cariño. De mi padre, sus besos, y de mi madre, su seguridad. Ni siquiera sé si mis recuerdos son reales o he ido transformando las historias con el paso del tiempo, de lo que me contaba mi abuela o de los sueños. Hay un sueño que se me ha repetido ya varias veces. Soy joven, unos veinte años. Estoy en una habitación grande con poca luz y con muy pocos muebles. Creo que hay una silla en una esquina y una cómoda pegada a una pared de la que cuelga un espejo antiguo muy grande, desproporcionadamente grande para el tamaño del resto de los muebles. En el centro de la habitación hay una cama pequeña sobre la que estoy sentada. Me acabo de despertar y estoy sola. Llevo unas bragas blancas y una camiseta sin sujetador. Todavía sentada en la cama, me desperezo, me estiro, bostezo. Intento acumular fuerzas para levantarme e ir hacia la ducha. De repente, suena un ruido que no reconozco y la habitación comienza a llenarse de luz. Con la luz descubro realmente dónde estoy. No es una habitación, es el escenario de un teatro, el ruido que he escuchado es el del telón abriéndose y ante mí tengo un montón de espectadores observando lo que hago. Abarrotan el patio de butacas y yo soy una actriz que tiene que comenzar la función. No tengo ni idea del papel, no sé qué debo hacer. El público permanece inmóvil a la espera de que diga o haga algo. Me dan ganas de salir corriendo de allí, pero descubro que no hay ninguna puerta. La gente parece impacientarse y tengo que comenzar a interpretar una obra que no sé ni de qué va. Me da angustia, miedo, y me siento ridícula. Un instante antes de decir la primera frase improvisada me despierto. Me ha pasado todas las veces que lo he soñado.

Echo de menos a Carlos. No sé si me pasa ahora o simplemente es que ahora sí me doy cuenta. Esta mañana he descansado y me he ido a pasear por el centro, creo que de alguna manera he ido en su busca. No hablo de su recuerdo, de visitar los bares que le gustaban o de acudir a sitios donde alguna vez hubiéramos estado juntos. No ha sido un paseo nostálgico, simplemente he salido a la calle con la fantasía de que Carlos pudiera verme. No. Todavía no estoy loca hasta el extremo de pensar en la posibilidad de encontrarme con un muerto. Simplemente, me he comportado como si él me estuviera viendo y estoy segura de que le hubiera gustado. Me he puesto guapa. Lo sé por la manera en la que me miraban los hombres y lo sé porque esas cosas se saben. He estado en el banco pagando un impuesto del ayuntamiento de algo de la casa que no he entendido, me he ido a una tienda de televisores para comprarme uno nuevo porque el mío está a punto de entrar en la categoría de reliquia, he estado en una tienda de lencería, me he comprado un conjunto negro y verde más caro de lo aconsejable y me he tomado una cerveza en una terraza con media ración de jamón. Todo eso he hecho imaginando que Carlos me estaría mirando. Si eso hubiera pasado, seguro que le habría gustado. Si hubiera estado frente a mí, me habría mirado con esa mirada irresistible que jamás he vuelto a ver en nadie y habría pronunciado su frase sexual favorita, esa que decía con tanta verdad que siempre me revolvía por dentro a pesar de los años y de las muchas veces que se la escuché. Esa frase que, dicha por él, era la definición más precisa del deseo: «Me muero por comerte el coño». Esta mañana, si me hubiera visto, la habría dicho y nos habríamos ido a casa, donde lo habría hecho. Lo que daría yo por escuchar a algún hombre que me dijera eso con el descaro, la pasión, el respeto y la lujuria con la que salía de su boca. Desde que lo dejé con él, no he vuelto a escuchar esa frase. Creo que me apetece más escucharla a que me lo hagan. Hacerlo, muchos hombres lo hacen bien, pero para decirlo les suele faltar valor.

He vuelto a casa contenta y he pensado en Fernando y Elena. Él nunca quería que Elena posara inmóvil, le pedía que se moviera con naturalidad, pero siempre de la forma que él le indicaba: comiendo, bailando, desnuda, vestida, leyendo, cocinando. Yo me he pasado la vida haciendo lo mismo cuando estaba con Carlos: posar para él.

Elena sigue viviendo en función de Fernando a pesar de haber roto hace demasiado tiempo. Es la parte que mejor me sé de la historia.

Hemos quedado a cenar Luisa, Martín Gracia, Carlos —el camarero guapo— y yo. Una especie de cena de parejas que no somos parejas. Después, es posible que se pase por el restaurante Enrique, que no ha podido quedar con nosotros desde el principio porque tiene a su madre mala y quiere dejarla acostada antes de venir. Vamos a ir a un restaurante que ha abierto un amigo de Carlos en el que él ha invertido unos ahorros y en el que empezará a trabajar si tiene la suerte de que funcione. De momento, no va a dejar el Manolo, porque si luego no marcha bien el negocio, aparte de los ahorros, también perdería el trabajo. El camarero, además de guapo, es sensato.

Me gusta que las personas tengan proyectos y se la jueguen montando negocios, aunque luego la mayoría no vaya bien. Carlos y yo invertimos una vez en unas tiendas de ropa y casi estamos pagando todavía el agujero económico de aquella aventura en la que entramos con mucha inocencia y poco conocimiento. El dinero de años enteros de mi trabajo y de los derechos de tres o cuatro novelas de Carlos se esfumó en aquel desastre. De todas formas, a pesar de aquella mala experiencia, me da envidia ese gusanillo que se tiene cuando se abre un negocio. En ese momento está mi camarero guapo y ha querido compartirlo conmigo; yo he querido que Luisa lo viera y ella a su vez ha decidido invitar a Martín, porque sin Martín no hace nada últimamente. Y aquí estamos los cuatro, esperando que traigan una ensalada con queso de búfala, unas croquetas y unos huevos rotos, todo ello para compartir. El restaurante se llama El Olivo, aunque ni Carlos ni su socio saben por qué. Se les ocurrió el día que crearon la sociedad, porque hasta ese momento no lo habían pensado.

—Sólo en Madrid —dice Martín— debe de haber siete u ocho restaurantes con ese nombre.

—¿Sí? —pregunta Carlos, al que no le ha hecho gracia la observación.

—En Pozuelo mismo conozco yo uno —insiste el periodista.

—Pero Pozuelo no es Madrid —sentencio yo.

El Olivo es un restaurante pequeño con pocas mesas, ocho o diez. Lo malo es que después de una semana abierto y siendo hoy viernes sólo está ocupada la nuestra. De eso empezamos a hablar los cuatro.

—La gente lo irá conociendo poco a poco.

—Lo importante es que el que venga se vaya contento.

—El boca a boca es fundamental.

—Eso también pasa con los libros.

—Claro, además Madrid no se conquistó en una hora.

—Zamora.

—¿Cómo que Zamora?

—Que la que no se conquistó en una hora fue Zamora.

—Fue Madrid.

—Que no, que fue Zamora, hombre. Tiene su origen en el *Mío Cid*.

—Bueno, qué más da. Lo importante es que venga gente al restaurante.

La cena está rica y el vino es bueno. Hemos tardado un poco en ubicarnos, pero antes de que lleguen los segundos el ambiente de la mesa ha mejorado mucho. Martín y Carlos han comenzado a conectar hasta el punto de que la conversación se divide a ratos en dos, la de ellos y la de Luisa y la mía. Martín tiene mucha gracia, no me acordaba, con un humor bastante excesivo y provocador. Carlos intenta estar a la altura y hay veces que lo consigue. La cena está siendo divertida.

—Yo creo que para que una pareja funcione en la cama tienen que pasar unos cuantos meses —opina Martín.

—¿Cuántos meses exactamente? —pregunto yo.

—Cinco o seis —contesta él.

—Entonces nosotros todavía no... —me dice Carlos, riendo.

—A una mujer no puedes conocerla sexualmente hasta que no has estado con ella varias veces —insiste Martín.

—Eso es cierto —le da la razón Luisa.

—A mí esa afirmación me parece muy machista —corrijo yo.

—Pues yo creo que hay gente más habilidosa que otra para encontrar las teclas —dice Carlos, queriendo hablar de él.

—Eso me parece aún más machista —le reprocho yo—. Os creéis que sois vosotros los que nos dais placer. Que disfrutemos o no depende de nosotras mucho más que de vosotros.

—Ya, pero hay cada torpe por el mundo... —interviene Luisa.

—Eso es cierto. —Otra vez Carlos.

—¿Y tú qué sabes sobre la torpeza de los hombres en la cama? —le pregunto.

—Sé lo que me contáis las mujeres, que no paráis de quejaros de lo mal que está el *mercao.*

—Eso es verdad —confirma Luisa, riendo—, qué mal está el *mercao.*

La segunda botella está a punto de acabarse. Estamos contentos y apenas me he acordado de Enrique, que sigue sin llegar. Supongo que a estas horas ya no vendrá. Puede que se le haya complicado algo con su madre.

—El mes que viene —nos informa Luisa— publicamos la novela de Martín.

—¿Vas a publicar una novela? —pregunta Carlos.

—Sí, una de un enano —le informo yo.

—No es exactamente de un enano. Sale un enano —se molesta Martín.

—¡Qué envidia! —dice Carlos—. Yo también escribo.

—Joder —se sorprende Luisa—, aquí todo el mundo es escritor.

—Aquí todo el mundo escribe, pero ser escritor es otra cosa —corrijo yo sin buena fe.

—Escritor es el que escribe. Lo demás son prejuicios —se defiende Martín.

—Y tú, Carlos, ¿qué escribes? —pregunta Luisa.

—Cuentos, casi siempre.

—¿Infantiles?

—No. Son para adultos, algunos muy para adultos.

—¿Y nunca has pensado en escribir una novela? —pregunta Martín.

—No creo que sea capaz —se justifica Carlos—. Alguna vez lo he intentado, pero no tengo el talento suficiente para hacer una historia larga con interés.

—¿Ves, Luisa? Lo que te decía. Es un escritor sin ego, con lo cual, no puede ser escritor.

Dolores, mi suegra, ha vuelto a Jaén. Me ha llamado esta mañana para contarme que se va a vivir con una hermana. No quiere estar sola en la casa de Asturias y prefiere pasar sus últimos años en el pueblo que nunca dejó de añorar. Estaba contenta, pero me ha encargado que, cuando ella muera, me ocupe de que su cuerpo regrese a Asturias para ser enterrada junto a Marcelino. Al parecer, en los últimos años, la duda de dónde ser enterrados fue frecuente entre mis suegros. Los dos tenían claro que habría de ser juntos, pero Marcelino quería ser enterrado en Asturias y Dolores en Jaén. Finalmente, concluyeron que el primero que muriera elegía y el otro se enterraría junto a él. Dos tumbas tenían pagadas, una en cada sitio. Marcelino murió primero y mi suegra ha cumplido el pacto. Dolores me ha dicho por teléfono que no quiere morirse todavía, aunque ya no le quede nada por hacer. Quiere regresar a Jaén y pasar allí lo que le queda de vida, aunque luego tenga que volver a Asturias para estar con su hombre. «Hija mía —me ha dicho—, no quiero morirme en Asturias, pero si no me entierran junto a Marcelino, me da algo».

No lo he pensado mucho, pero creo que soy atea. Carlos lo era por convicción y yo creo que lo soy porque no me queda más remedio. Mis padres eran religiosos, muy conservadores, creo. A mis padres no les dio tiempo a educarme, pero en ocasiones he pensado que algunas cosas de las que hago, sobre todo en el sexo, no les habrían parecido bien. Yo fui a catequesis e hice la comunión. Los tres íbamos a misa todos los domingos. A misa de once para ser exactos, y luego a un bar donde mi padre tomaba cerveza y mi madre mosto. Yo me quedaba jugando en un parque que había justo entre la parroquia y el bar. Después nos íbamos a comer a casa de mi abuela, con ella y con mi tía. Recuerdo cómo iba vestida de domingo. Antes, a los niños nos vestían de domingo. Mi uniforme era un vestido de florecitas azules, leotardos blancos, un abrigo gris de botones muy grandes y una diadema de terciopelo negra. Una vez tuve unos zapatos de charol granate oscuro que me compró mi madre. Ese día fue posiblemente el más feliz de toda mi infancia. Yo tendría unos siete años y me los compró un martes. Contaba los días con ansiedad para que llegara el siguiente domingo y poder estrenarlos. Fui a misa con ellos y me la pasé mirando el maravilloso brillo de mis zapatos de charol granate. Después, como siempre, mis padres fueron al bar y yo al parque. Me puse de rodillas en un arenero a jugar con la tierra. Estuve allí todo el rato hasta que mis padres salieron del bar. Al levantarme, comprobé que las punteras de mis zapatos de charol estaban arañadas por la tierra y se veía el cuero negro que había debajo del charol. Ver aquellas punteras destrozadas me provocó una tristeza que recuerdo insuperable. Algunas veces me acuerdo todavía de mis zapatos rotos y creo que ahora mismo podría dibujar con absoluta precisión la forma de aquellas nubes negras que se instalaron en mis zapatos hasta que mi madre me los cambió por otros negros normales, «mucho más sufridos», según ella. Recordando el brillo de mis zapatos granates, creo que aquella mañana en el parque descubrí que las cosas que realmente quieres mucho duran demasiado poco. Y lo peor es que fui yo quien los destrocé sin darme cuenta.

A la vida de Fernando y Elena le falta una parte. Es una historia de dos, pero debería ser de tres. Eso hubiera sido lo más justo, aunque esa parte no habría aportado nada a la novela. Me entristece ese pensamiento, pero la novela es la que es. Así la quiso Carlos y no puede cambiarse. Carlos no ha escrito un hijo a Fernando y Elena. Y no lo ha dejado de hacer de manera premeditada. Simplemente, se le ha olvidado. No era necesario ni importante en la vida de los protagonistas: da igual que el final sea feliz, esta historia me parece demasiado dura.

Fernando pretendía seguir teniendo relación con Elena después de su ruptura. Ella no quería. En algún rincón de su interior tenía un resquicio de ilusión por empezar a vivir de manera diferente. No sabía qué iba a hacer, a qué se iba a dedicar, ni siquiera dónde iba a vivir. Tampoco le importaba mucho, porque lo que le daba esperanza es que todo sería nuevo. Por eso no quería ver a Fernando. No tenía nada que ver con el rencor, sólo sabía que, si volvía a verle, no se movería.

A Fernando le interesan las drogas. Sabe mucho de ellas, experimenta con sus reacciones, le gusta ponerse al límite algunas veces, pero nunca ha sido dependiente de ninguna. Elena las prueba, las consume, pero no le gustan. Por encima de todo, le dan miedo. Tiene muy interiorizado que son algo malo, así que no las puede disfrutar del todo. Un amigo de Londres trajo a Fernando una nueva cosa para probar. A Elena no le apetecía. Fernando y su amigo insisten y ella la consume. Es un líquido transparente que hay que inhalar. Una especie de euforia se apoderó de Elena y Fernando a los pocos minutos. No podían contenerse. Dejaron al amigo en el estudio escuchando a Deep Purple a todo volumen y ellos subieron a la habitación. Él estaba muy duro y ella empapada antes de haberse rozado. Apenas sin desnudarse y sentir a Fernando dentro de ella nada más tumbarse en la cama, Elena se corrió de una manera tan intensa que perdió la sensibilidad mientras Fernando continuaba moviéndose. Imaginó que esa sensación es la que experimentan los hombres al terminar. Fernando tardó algo más. No mucho. Los dos quedaron exhaustos. Al tiempo que el calentón, también desapareció el efecto de la droga. Un terrible dolor de cabeza hizo que Elena tardase en quedarse dormida, ni se acuerda de cuándo lo logró. Con la sensación de sentirse con una terrible resaca, Elena tuvo algún pensamiento lúcido. Las drogas a ella le dan igual, porque la única de quien depende es el propio Fernando. Él es la más adictiva de todas.

Yoli ha venido llorando a mi casa. Hace un rato me llamó porque quería contarme algo. Ha tenido una enorme bronca con mi hijo. Ella dice que han roto. Caliento agua para hacer dos tés mientras me empieza a contar un montón de problemas de pareja que no quiero que me interesen. Me dice que ella ya es mayor como para perder el tiempo en una relación sin futuro, ha pasado los treinta y tiene la intención de ser madre. Con Carlos eso no va a pasar y ella no quiere seguir perdiendo el tiempo. Me parece lógico y le doy la razón. De vez en cuando, suelta algunas lágrimas, pero a mí no me parece que esté tan mal.

—Las relaciones —le digo— no tienen que ser para siempre. Los dos sois muy jóvenes para rehacer vuestras vidas.

No soporto esa frase que acabo de decir, pero la he dicho. Siempre se utiliza eso de «rehacer tu vida» cuando después de haber acabado una relación vuelves a tener pareja. Es una perversión del lenguaje que se utiliza como coletilla en los programas de televisión. Me parece que lo de «rehacer tu vida» debería utilizarse justo el día que una pareja se separa, no al contrario. «Fulanito y Menganita han rehecho sus vidas separándose», ésa debería ser la noticia en televisión. En esto estoy pensando mientras Yoli me cuenta sus preocupaciones. La casa en la que viven es de ella, así que Carlos debería irse lo antes posible. Mientras me va contando, suena mi móvil. Es mi hijo.

—¡Carlos! ¿Cómo estás?

—Bien. ¿Por qué lo preguntas?

Yoli se suena los mocos y se seca las lágrimas.

—Yoli está aquí conmigo y me ha contado que lo habéis dejado.

—¡Claro, como ahora sois amiguitas! —dice, burlón.

—¿Dónde vas a ir? —digo ignorando su tono.

—No lo sé, mañana voy a casa de un amigo. Me quedaré allí hasta que busque algo.

—¿Por qué no te vienes aquí?

—Sabes que eso no es una buena idea.

—Es verdad.

—¡Mamá, tenemos que hablar! —Noto en el tono que es importante.

—¿De qué se trata?

—Mejor te lo cuento en persona. Es sobre la novela. Mañana te llamo y me paso a verte al Manolo.

Carlos se despide enviándome un beso para Yoli, que ya se ha levantado y está a punto de irse.

—¿Qué quería? —me pregunta Yoli.

—Dice que tiene que contarme algo importante sobre la novela.

—Aún no has podido convencerle para que publique en Uriarte.

—Tranquila, ya se convencerá solo.

—¿Por qué estás tan segura?

—Porque llevo mucho tiempo en este oficio.

—¡Ah! —dice Yoli, sin entenderme, pero intuyendo algo—. Ayer le oí discutir con Marta. Carlos gritaba bastante.

—Entonces, ¡ya está!

Carlos, mi ex, leía muy poco siempre, pero cuando escribía no leía nada. Ni siquiera sobre toros. Yo estoy leyendo mucho menos. Esta noche no he dormido apenas porque empecé una novela y no fui capaz de parar hasta que terminé de leerla.

—¿Nacho Clavado?

—Sí, soy yo.

—Hola, soy Ana Santos, la editora de Uriarte. Es que quería hablar con Noelia otra vez.

—No sé si es una buena idea. No salió muy contenta de vuestro último encuentro.

—Por favor, dame su móvil, te aseguro que lo que voy a decirle le gustará.

Cada año salen a la venta decenas de miles de libros. Todo el mundo que trabaja en este sector cree que son demasiados, pero nadie hace nada por cambiarlo. Las editoriales son un negocio como cualquier otro en el que hay balances y cuentas que tienen que cuadrar. Da igual lo que se publique si al cierre de cada libro el resultado económico es positivo. Está muy bien que así sea —yo he vivido toda la vida de esto—, pero no hay que engañarse: los negocios nunca son por amor al arte.

Autores, editores, libreros, críticos y lectores, todos tenemos una función en este circo y a todos nos sobra —a los lectores también— vanidad, complejos, prejuicios y ego.

Me encanta la idea de que una persona escriba una historia y que a otra le emocione, le haga soñar, reflexionar, sentir... Me parece un ejercicio de generosidad por ambas partes y en ese momento me dan ganas de hacer «un brindis a la salud del tipo que inventó la letra A, que fue el comienzo de todo».

Una vez me dijo alguien que todo el mundo cree que puede escribir por el simple hecho de que en el colegio nos enseñaron a hacerlo. Me refiero a juntar letras. La eme con la a: ma. Ése es el motivo por el cual las supuestas inquietudes artísticas de los más vanidosos se reflejan en la intención de querer ser escritores y no en componer, por ejemplo, una sinfonía para piano y violín. Si todo el mundo supiera unir notas musicales, imagínate el dolor de oídos.

—¡Dígame!

—Hola, Noelia. Soy Ana Santos, la editora de Uriarte.

—Hola, ya me dijo Nacho que ibas a llamarme. ¡Tú dirás!

—Ayer leí tu novela y me ha gustado mucho.

—Eso ya me lo dijiste la otra vez.

—Sí, pero te mentí. No la había leído. Sólo la miré por encima un rato antes de verte. Lo único que quería decirte es que ahora entiendo tu enfado.

A Marián Solá le han hecho una oferta de otra editorial para publicar su próxima novela. Ha vendido muy poco, pero tiene prestigio. El prestigio en el mundo literario no se sabe muy bien por qué se tiene, pero si se alcanza, ya nunca se pierde. Pasa también al contrario, como no se tenga desde el principio, jamás se logra. En este mundo de autores, editores, libreros, críticos y lectores se mantienen inercias como para darnos la razón a nosotros mismos, aunque tengamos ante nuestros ojos la realidad llevándonos la contraria.

—¿Sí? —contesto al móvil.

—Ana, soy Marián Solá. ¿Cómo estás? Llamaba para despedirme personalmente. No he querido que lo hiciera mi agente.

—Agradezco el detalle —le digo.

—No quiero entrar en polémicas, pero no estoy muy contenta de cómo se han hecho las cosas con *Te lo digo, te lo cuento* en Uriarte y creo que es mejor cambiar.

—¿Y qué crees que se ha hecho mal? —le pregunto.

—Creo que el libro no estaba bien colocado en los puntos de venta importantes.

No hay ningún autor que esté satisfecho con el lugar que ocupa su libro en las librerías.

—Mis libros estaban —protesta— mucho menos visibles que los de la chica esa de la tele. ¿Cómo se llama?

—Noelia Regüela.

—¡Ésa...! Y ella, además, tenía una pila de libros enorme nada más entrar y mi novela estaba detrás de una columna en El Corte Inglés de Preciados. Lo vi yo con mis propios ojos.

Tampoco están jamás satisfechos con la promoción que se hace desde la editorial. Ésa va a ser su siguiente protesta. Los escritores son muy previsibles en algunos temas.

—Y de la promoción, mejor no hablar. Casi no ha aparecido en los medios.

—Marián, te dijimos —le recuerdo— que querían invitarte al programa *El Carrusel* y dijiste que tú allí no promocionabas tu libro porque no tenían nivel...

—Yo soy una escritora de prestigio y no puedo ir al mismo programa al que va cualquier famosilla de poca monta. Fui a los programas a los que tenía que ir.

—La revista *Léete esto* también te entrevistó.

—Sí, pero me llamaron a mí. La editorial no tiene ningún mérito.

—Lo siento, Marián, pero no creo que la editorial tenga toda la culpa de que tu novela no haya funcionado.

—Por supuesto que la tiene. Es la única culpable —dice, quedándose tan ancha.

Se ha muerto la madre de Enrique y he venido al tanatorio. Era ya muy mayor y estaba enferma, así que era algo esperado. Enrique está entero, me cuenta que esta mañana ha ido a la radio a trabajar con normalidad y después ha regresado. «Tampoco hay mucho que hacer aquí», se justifica. Yo creo que su entereza es un poco forzada, porque, a pesar de que la señora tenía más de noventa años, una madre siempre tiene la edad del día en el que tú naciste.

Cuando los muertos son muy viejecitos y no son personas queridas me hacen mucha gracia. Es una manera de vengarte de la muerte, aprovechando que no duele. Asumir la verdad, pero de mentira. Enrique y yo nos hemos bajado a la cafetería del tanatorio. Yo llevaba razón. No está tan bien como aparenta. Antes de dar el primer sorbo al café, me dice: «Yo la quería mucho, ¿sabes?». No es capaz de terminar la frase antes de que sus ojos se inunden de lágrimas. Ella era la única de la familia que sabía que Enrique es homosexual, aunque me asegura que jamás hablaron del tema. «Yo sé que lo sabía —me cuenta— , pero nunca dijo nada y nunca me juzgó». Me sorprende que Enrique se conformara con tan poco. Que no le delatara, como si él fuera un delincuente y ella su cómplice, era motivo de agradecimiento. La vieja que está muerta en el piso de arriba no me provoca ninguna simpatía y me dan ganas de aconsejarle a Enrique que su madre no merece que llore por ella. Lo que pasa es que si le digo eso va a pensar que estoy loca.

Después del tanatorio he quedado en El Olivo para comer con Carlos, el escritor, el camarero quiero decir; de los Carlos que están vivos, el que no es mi hijo. Ése. Hoy libra en el Manolo. Lo primero que me alegra es que el restaurante está lleno. Al parecer, fue a cenar un crítico del suplemento semanal más leído y publicó que allí se comía de maravilla y que era un lugar muy recomendable. Al día siguiente de la publicación del artículo empezaron las reservas y, a partir de ahí, la gente que come, vuelve.

Después de una época de abstinencia he vuelto a ser una mujer sexualmente activa. Me gusta. He pasado demasiado tiempo sin sexo y posiblemente lo peor de todo es que ni siquiera lo echaba en falta. He tenido suerte con Carlos, porque nunca sabes, por mucho que lo supongas, dentro de qué hombre vive un buen amante. Con él ha sido muy placentero recuperar esa parte de mí que andaba por ahí durmiendo un sueño demasiado largo y profundo. De todas las horas del día, yo a la que más me excito es a la del aperitivo. Un par de cañas en un día soleado son para mí un afrodisíaco muy potente. Carlos me está esperando en la barra del bar.

—¿Qué tal en el tanatorio?

—¡Divertidísimo! —respondo—. ¡Vaya pregunta!

—¿Qué quieres tomar?

—Una caña.

—¿Esperamos mesa?

—No, mejor aquí, en la barra. Me apetecen unas gambas.

—¡Luisito! —se dirige al camarero—. Una de gambas y un par de cañas.

—¡Mejor yo quiero un doble!

—Pues dos dobles, Luisito.

Carlos y yo no tenemos mucho de que hablar, la verdad. Su intención de ser escritor no me interesa demasiado y además creo que por mi condición de editora él espera algo de mí que yo no voy a poder darle. También me aburren bastante los conflictos que mantiene con su ex, que le amenaza permanentemente con no dejarle ver a su hija Martina. Eso sí, Carlos tiene un sentido del humor ácido que muchas veces no entiendo y eso me gusta, los vaqueros y las camisetas le quedan como pocas veces he visto en nadie y en la cama es muy bueno. Son cualidades que tampoco hay que despreciar así porque sí.

—Me apetece ir a tu casa —le confieso.

Carlos bebe un trago de cerveza y me besa en los labios dejando su mano en mi muslo, casi en la ingle. Tal y como preveía, el doble de cerveza me ha dejado un poco ausente y eso me excita aún más.

—¡Mi casa está muy lejos! —me dice.

Carlos me coge de la mano y me lleva al almacén del restaurante. Es un pasillo estrecho y oscuro lleno de cajas de bebida. Al fondo del pasillo hay una puerta pintada de gris con el pomo dorado redondo. Carlos la abre y entramos a una especie de despachito sin ventanas en el que hay una mesa de oficina y un par de sillones de imitación de piel negros. La iluminación corre a cargo de un flexo con una bombilla amarilla de poca intensidad que apenas da un poco de luz encima de la mesa. Carlos cierra el pestillito de la puerta gris y me besa como se besa cuando se tienen muchas ganas de besar. Estoy tan excitada que me apetece hacer a mí antes de que me hagan. Siento a Carlos en el sillón negro de imitación de piel, le desnudo de cintura para abajo, abro sus piernas y me arrodillo para meterme entre ellas. Pienso en hacerlo bien, tal y como me enseñó Carlos, mi ex, y me está gustando hacerlo. Sé la técnica y la pongo en práctica con empeño. Me excita darle placer y me está saliendo muy bien. Me pide que pare para no acabar tan pronto y, aunque lo hago a desgana, pienso que será lo mejor porque no quiero que acabe. Yo también quiero. Carlos me invita a subirme encima de la mesa, pero, aunque la escena sea muy erótica, es más para las películas. Las mesas están duras y frías y a mi espalda no le gustan. Me resisto a tumbarme encima de la mesa y Carlos lo entiende rápido. Me encanta no tener que explicar las cosas. El camarero me da la vuelta y empuja mi espalda hacia la mesa. Apoyo en ella mi pecho y mi cara. Carlos me desabrocha la falda, que cae por su propio peso, me quita las medias y las bragas, todo a la vez. Vuelve a posar su mano en mi espalda empujándome hacia la mesa mientras le siento entrar despacio. Lo de despacio dura muy poco. Carlos comienza a moverse con fuerza. Hay un momento en el que me olvido de que estoy en el almacén de un restaurante y grito. Carlos alcanza mi boca con su mano y me la tapa. No poder gritar me excita aún más. Carlos es un animal detrás de mí que empuja todo lo fuerte que puede. Está pensando mucho más en él que en mí y eso tampoco me importa. Cuando acaba, apoya agotado su pecho contra mi espalda. Yo sigo excitada, con muchas ganas de más, pero Carlos ya no puede seguir. Tengo que respirar hondo para recomponerme y que no me pueda esta excitación sin final.

—Lo siento —se justifica Carlos mientras nos terminamos de vestir—. No he podido aguantar más.

—No hay nada que sentir, me ha encantado.

Es verdad, me ha gustado este polvo de mediodía. Salimos disimulando del almacén y nos integramos con normalidad en el jaleo del restaurante, que sigue repleto. Creo que nadie ha notado nada. Tomamos un café antes de irme a la editorial. Ya estoy más relajada, pero me gusta que esta excitación me acompañe todo el día. Me encanta tener ganas, no sé cómo no he echado de menos esta sensación durante tanto tiempo.

Hay una íntima satisfacción en Elena cuando va a ver la última exposición de Fernando, la primera que ha hecho sin estar con ella: ¡es muy mala!

En cada cuadro está la manera de pintar de Fernando, su técnica, pero no hay nada más. Es una exposición estética, con algunos cuadros muy bonitos para colgar en los salones de las casas si te hacen juego con los muebles, pero ninguno cuenta absolutamente nada. El colorido de los cuadros, por separado y en conjunto, es tan forzado que se le ha ido la mano. Como cuando finges estar muy feliz, que, al sobreactuar, se nota que no es verdad. Ha habido intelectuales empeñados en definir con mayor o menor precisión lo que es o puede considerarse «arte». La pintura es una expresión artística, pero estos cuadros de Fernando no tienen «arte». Una de las definiciones de «arte» que más me gusta es posiblemente la más sencilla que he oído: «El arte es lo que le sobra a algo que está bien hecho». Los cuadros de esta exposición están muy bien pintados, pero no les sobra nada que no pueda ver con los ojos. Nada que me pellizque, nada que exceda de los límites del lienzo.

—¿Te gusta? —pregunta Fernando a Elena mientras sostienen una copa de champán mirando un cuadro verde y amarillo.

—Es una bonita inauguración —contesta Elena—, ha venido mucha gente.

—Te estoy preguntando por los cuadros, no seas cínica.

—Los cuadros son también muy bonitos.

—¿Bonitos? ¿Qué quiere decir bonitos?

—Fernando, no te pongas intenso. «Bonitos» significa «bonitos».

—¡Dejémoslo! ¿Tú qué tal estás?

—Si te soy sincera —responde Elena—, te echo de menos.

—Ahora se nota que estás diciendo la verdad.

—¿Y tú qué tal estás?

—Bueno, yo estoy con alguien.

—Sí, ya la he visto por ahí. Es esa chica rubia, ¿no?

—Sí, se llama Marga. Ven y te la presento.

Los dos se acercan hacia Marga. Es profesora de Historia del Arte en la Universidad Complutense. No llega a los treinta años y es muy atractiva, aunque tiene la nariz enorme. A lo mejor ése es uno de sus atractivos.

—Estaba deseando conocerte —le dice Marga con un tono muy sincero.

—¡Encantada!

—Fernando habla mucho de ti —insiste Marga, sin aparente maldad.

—¡Ya sabes cómo es! —responde Elena, consciente de que esa frase no significa nada.

—¡Tampoco hablo tanto de ella, mujer! —interviene Fernando como de broma.

—No le hagas caso, que no para de hablar de ti —dice Marga dirigiéndose a Elena—. ¡Que si Elena por aquí, que si Elena por allá!

—¡Bueno, vamos a dejarlo! —dice Fernando, sin disimular demasiado su enfado.

—¿Por qué? Seguro que a ella le gustará saberlo, ¿verdad, Elena?

—¡Bueno, yo os dejo con vuestras cosas! —dice Elena, retirándose.

Elena se despide de Marga y le da la enhorabuena a Fernando por el éxito de la exposición. Éste la acompaña hasta la puerta.

—¡Disculpa la escenita! Hoy estamos un poco enfadados —se justifica Fernando.

—No te preocupes, no pasa nada.

—Antes me has dicho que me echabas de menos —le recuerda Fernando.

—Es verdad. Me está costando superar lo nuestro.

—Eres muy sincera.

—Hoy he comprobado que a ti también te está costando olvidarme.

—No habrás creído a Marga... —Sonríe con suficiencia—. Ya te he dicho que hoy hemos discutido y...

—No lo digo por eso. Me ha bastado ver tus cuadros para saber que me debes de echar mucho de menos.

Mi hijo me ha dicho que viene a buscarme a la editorial y que luego nos bajamos al Manolo para hablar. Me ha contado por teléfono que está viviendo en casa de un amigo, ese chico que estudia cine, y que él y Yoli fueron ayer a tomar algo. Como amigos, me ha aclarado. Antes de colgar me ha repetido que quería contarme algo importante sobre la novela. Me va a dar una noticia que me va a encantar. Él cree que para mí es una sorpresa, pero yo ya sé lo que va a contarme.

Mi hijo entra en Uriarte y, después de darme dos besos, se lo presento a algunas compañeras que no le conocen. Las más jóvenes ponen esa cara que ponen las jóvenes cuando ven a alguien que les gusta. Mi hijo gusta mucho a las mujeres. En eso es igual que su padre.

—¡Me gustaría saludar a Luisa! —me propone—. ¿Está por aquí?

—Sí, pero está reunida. Luego, si quieres, subimos otra vez y la saludas.

Bajamos al Manolo. Carlos es el camarero que nos atiende. Mantiene las distancias, pero no va a dejar ahora de ser simpático. Nos toma nota de la bebida. Un vino, yo. Una caña, él. Ahora vendrá con la carta de raciones para picar algo.

—¡Qué majo este camarero! ¿No?

—Sí, es muy majo. ¡Y también se llama Carlos!

—¿Él también sabe tu nombre? —pregunta sin ninguna inocencia.

—Sí lo sabe, sí.

Carlos viene con la carta, que resulta innecesaria, porque recita del tirón y casi sin pausa un «tenemos jamón, patatas bravas, un poquito si queréis de paella, boquerones en vinagre o fritos, que los acaban de freír, calamares a la romana, pulpo a la gallega, o un poquito de tomate con ventresca si preferís».

—¡No sé! —dice Carlos.

—Tráete una de jamón, los calamares, pulpo y tomate con ventresca —pido—. ¿Vale? —pregunto a mi hijo por preguntar.

—Por mí, vale —contesta por contestar.

—¿Seguimos —pregunta el camarero— con el vino y la cañita?

—¡Seguimos, seguimos!

Mi hijo y yo nos lamentamos de que no se pueda fumar en el Manolo antes de instarle a que me dé de una vez la noticia.

—Mamá, he pensado —intenta poner tono solemne— que prefiero que la novela se publique en Uriarte.

—¡Qué bien! ¿Y eso? —digo instantes antes de meterme un trozo de pulpo en la boca.

—Al final lo he pensado mejor y creo que va a ser bueno para todos.

—¡Está buenísimo! —digo señalando el pulpo con el tenedor—. ¡Come, come!

—¿Qué pasa? ¿Que no te alegras? —me dice, desconcertado.

—¡Claro que me alegro, hijo, pero no me sorprende nada! —Paro para comerme un calamar—. ¡Mira, los calamares no están tan buenos, está mejor el pulpo!

—¿Cómo que no te sorprende que quiera publicar en Uriarte?

—¡Yo ya lo sabía! —digo para desconcertarle aún más—. Lo que pasa es que pensaba que me ibas a contar el verdadero motivo.

—¡Que me lo he pensado mejor!

—Tú no te has pensado nada. No quieres publicar con ellos porque no te dejan firmar la parte del libro que has escrito.

—¿Cómo lo sabes?

—Llevo mucho tiempo en esto.

Mi hijo come algo de pulpo, más para ganar tiempo que por hambre. Yo dejo que se explique después de tragar.

—Dicen que si aparece mi nombre, la novela se venderá menos.

—Los departamentos comerciales de las editoriales son así.

—Ya, pero si la novela está escrita por dos personas, deben firmar las dos personas.

—Para la red comercial de un grupo editorial tan grande no tiene importancia quién escribe las novelas. Les da igual quién lo haga.

—¡Vaya mundo de mierda!

—Mira, Carlos —le corrijo enfadada—, no vengas ahora tú tampoco a dar lecciones de ética. Te recuerdo que quisiste robar la novela de tu padre para firmarla tú.

No me gusta recordarle eso porque sé que le avergüenza hasta el extremo. A mí también. Carlos me cuenta que, cuando dijo que si no firmaba la novela publicaría en Uriarte, dieron marcha atrás y accedieron a su petición.

—Pero ya no me fío de ellos —asegura.

Le creo. Pedimos los cafés. Yo pido uno solo y él también. Antes siempre lo tomaba manchado. Estamos relajados, más bien liberados. Siento que las cosas van estando en su sitio.

—Cada vez me gusta más el café —me dice.

—Carlos, hijo, una vez más, voy a serte sincera sobre la novela.

—¡Vale!

—Lo que has escrito no tiene nivel para ser publicado como la segunda parte de la novela de tu padre. Si publicas eso, las críticas te destrozarán y no creo que puedas volver a publicar.

—¡Pero a Marta no le pareció tan mal!

—A ella le da igual tu futuro. A mí no.

—¿Y qué hago?

—Tienes que mejorar el texto. Y lo tienes que hacer rápido porque en un mes y medio tiene que estar en las librerías.

La novela de Martín Gracia está a la venta. Hemos hecho una tirada modesta, unos tres mil ejemplares. Luego ya veremos cómo va. Tiene una buena portada, en colores negro y rojo y el dibujo de una chica espectacular besando a un enano en la frente. Al enano se le ve encantado.

La portada es muy importante en los libros y, como en todo, también existen las modas. Por ejemplo, antes nunca se hacían portadas en las que predominara el color negro y ahora se hacen un montón. El motivo de estas modas suele ser que unos señores que trabajan en el departamento comercial opinan que una portada de color negro no es atractiva para el lector; después, alguien se atreve a ponerla, el libro se vende y los mismos que antes decían que las portadas negras no, ahora dicen que las portadas negras sí. Los señores de la red comercial opinan de todo. También de los títulos de los libros, de cómo tienen que ser y de las palabras que deben llevar o no. «No es bueno que en un título aparezca la palabra "muerte" porque no vende», me dijeron un día ante la propuesta de un autor. Yo, aunque pensé en García Márquez, no me atreví a contestar. Es importante la portada, el título y, por supuesto, la contra. El texto elegido para la espalda del libro tiene una importancia mayúscula. Un señor llega a una librería, coge el libro y le da la vuelta para ver de qué va. Hay veces que es más importante lo que pone en esas diez líneas que en las trescientas páginas que hay dentro. Y después, la promoción. El autor que tenga la fortuna de ser invitado debe ir a cuantos más programas mejor a hacerse el simpático, el interesante, el accesible, hacer experimentos y hasta disfrazarse de algo que tenga que ver con el libro.

En las editoriales hay departamentos de diseño para las cubiertas, de comerciales para vender el libro a los libreros y de comunicación para organizar la promoción en los medios. Después, lo que son las cosas, todos ellos te dicen, por separado y juntos, que los libros se venden por el boca a boca. ¡Pues haberlo dicho antes!

Mucha más tirada que la de Martín Gracia tendrá la próxima novela de Noelia Regüela. Después del éxito de la anterior, se espera que con la siguiente se afiance definitivamente como autora. Noelia agradeció mucho mi llamada y está dispuesta a valorar la propuesta de publicar con nosotros. Tiene más ofertas, que le negociará su representante, y después elegirán la que consideren mejor. Yo seré la encargada de intentar convencer a Nacho Clavado, para que la presentadora que escribe se decante por nosotros.

Carlos, mi hijo, me ha llamado muy orgulloso de él mismo para decirme que Marta Sanchizdrián le ha propuesto negociar para él los derechos de la novela en Uriarte y que él le ha dicho que no. Marta ha pasado demasiado tiempo convenciéndole para que publicara en Tierra y después ha sido de la opinión de que la firma de mi hijo no apareciera en el libro. En esas dos apuestas se ha desgastado frente a él y ha perdido su parte del pastel. Yo creo que los mejores agentes son los menos avariciosos. En el cine y en la tele se llaman representantes; en el fútbol y en los libros se llaman agentes, y en los toros, me decía mi ex, se llaman apoderados. Da igual, los mejores representantes, agentes o apoderados son los que no tienen prisa por ganar dinero.

Nacho Clavado no ha querido quedar conmigo en la editorial. Me ha dicho que mejor en su oficina. Está en el centro y es pequeña. Una recepción, una sala de espera a la derecha de la entrada y el despacho de Nacho, que tampoco es grande. De las paredes cuelgan fotos de varios presentadores de televisión a los que también debe de representar, aunque la estrella de la oficina es, desde luego, Noelia Regüela. Nacho tiene la puerta de su despacho abierta y, al verme, sale a recibirme antes de terminar de darle mi nombre a la recepcionista. «No te preocupes, Maripili —le dice a la chica—, la estaba esperando». Me sorprende que una chica tan joven se haga llamar Maripili, que me parece más nombre de secretaria de los años sesenta.

No me acordaba de lo atractivo que es Nacho Clavado. Es el típico castaño que fue rubio de pequeño, alto, no demasiado delgado porque es fuerte y con los ojos claros. Tardo un poco más de lo normal en darme cuenta de cuál es el secreto de su atractivo: cuando sonríe, parece un poco malvado. Al verle al lado de Noelia parecía menos, se mantenía en segundo plano, pero aquí solo y en la distancia corta Nacho se hace grande. Es un poco sorprendente su manera tan directa de hablar.

—¿Por qué crees —me pregunta— que Noelia debería publicar en Uriarte?

—Porque nosotros no queremos sólo aprovechar el tirón de su fama para vender libros, sino que pensamos que ella tiene futuro como autora.

—Si te soy sincero, es lo mismo que me han dicho las otras dos editoriales con las que he hablado.

—Siento no ser muy original, pero esto es lo que hay. Yo sólo puedo prometerte que para nosotros será una autora muy importante. A lo mejor para otras editoriales más grandes será una más.

Durante los minutos que llevo en su despacho, el móvil de Nacho Clavado ha sonado ocho veces. En todas ha mirado la pantalla y después le ha dado a la tecla de silencio sin cogerlo. Es un hombre ocupado.

—¿Dónde comes hoy? —me pregunta de repente.

—Pues no sé —contesto, encantada de que me lo haya preguntado.

—Yo no he quedado con nadie y aquí abajo hay un asiático muy bueno. ¿Te apetece?

—¡Vamos!

Se despide de Maripili diciéndole que estará en el móvil si hay algo urgente.

—Sí —le contesta con confianza—, pero si te llamo, cógelo.

En el restaurante pide Nacho. Conoce la carta y todo el mundo le conoce a él. El camarero trae un vino que no ha hecho falta pedir. Antes de que traigan la comida, Nacho va al grano.

—Dime qué anticipo estáis dispuestos a pagar y qué porcentaje de derechos.

Le contesto, pero le parece poco. Me hace una contraoferta y le digo que la debo consultar con mi directora.

—¡Consúltala ahora! —me pide—. Llámala y pregúntaselo.

Me encanta esa actitud. En las reuniones a las que estoy acostumbrada se suelen dar muchas más vueltas a las cosas. Le hago caso, me levanto de la mesa y llamo a Luisa. Le pregunto si podemos llegar económicamente hasta la cifra que Nacho me pide. Luisa me dice que sí. Vuelvo a la mesa. Le digo que aceptamos su contraoferta.

—¡Hecho! —me dice.

—¿Qué quiere decir «¡hecho!»?

—Pues que Noelia publicará en Uriarte.

—¡Qué alegría! ¡Qué fácil! ¡Qué bien!

Me doy cuenta de que me ha salido un poco infantil, pero me da igual. Nacho alza la copa y me propone brindar para celebrar el acuerdo. Me confiesa que es el mismo que ofrecían las otras dos editoriales, pero que a Noelia le apetecía desde el principio publicar en Uriarte.

—¡Y ahora dejemos los negocios y vamos a comer tranquilos! —me dice.

Hablamos de todo, me cuenta un montón de cotilleos de la tele y yo algunas curiosidades del mundo editorial. Nacho no sabía que yo era la exmujer de Carlos Pacheco, del que ha leído casi todos sus libros. Hablamos un rato de él y me pregunta por la novela que dejó escrita antes de morir. Le cuento lo que puedo.

Nacho es un seductor, que es otra manera de decir que en cada una de sus palabras hay una segunda intención.

Es un provocador tan sutil que en vez de querer que dé un paso atrás, estás deseando que lo dé hacia delante.

—¿Tienes pareja? —me pregunta.

—Yo no. ¿Y tú?

—Sí, tengo una amiga.

—Bueno, yo también tengo un amigo, pero da igual.

Me doy cuenta al instante de que la frase que acabo de decir ha quedado fatal. Se me ha escapado, pero era lo que estaba pensando. Nacho no hace referencia a ese «da igual», pero seguro que lo va a utilizar. Nos hemos terminado la botella de vino y nos pedimos dos *gin-tonics.* En el restaurante ya no queda casi gente y los camareros están montando las mesas para por la noche. No pasa nada porque hay confianza. Mientras nos tomamos el *gin-tonic,* Nacho ha llamado a Maripili para decirle que no va a volver a la oficina. Yo he hecho lo propio para decirle a Luisa que estoy ultimando el acuerdo con Nacho y que la cosa llevará su tiempo.

—¿Nos vamos? —me pregunta Nacho.

—¿A dónde?

—A mi casa.

—Sí.

Nacho vive a las afueras, en un chalé. El salón es precioso, tiene muchos libros, una pantalla de cine con proyector, una tele de un montón de pulgadas a la que están conectados un par de ordenadores y una mesa, que parece la de trabajo, con otro ordenador más. Cuando subes a la planta de arriba, compruebas con mayor claridad que es la casa de un soltero. Hay tres habitaciones sin amueblar, como haciendo las veces de trastero, y una sola amueblada, que es la suya, con una cama gigante, una *chaise-longue* de cuero y otra pantalla plana colgada de la pared.

En esa cama hemos pasado la tarde, después, hemos bajado a la cocina a cenar y hemos vuelto a subir. Cuando hemos terminado, me ha propuesto que me quedara a dormir. Es el inconveniente o la ventaja que tiene vivir en las afueras.

Lo primero que me he encontrado en el mail esta mañana al llegar a la oficina es un documento de mi hijo. Es la corrección de una parte del texto que él ha escrito. La corrección consiste sobre todo en haber quitado mucha parte insustancial que no aportaba nada a la historia. Ha dejado sesenta folios en cuarenta. A los escritores, en general, les cuesta mucho reducir lo que han escrito porque cualquiera de sus líneas les suele parecer una aportación imprescindible a la historia de la literatura. Parece que exagero, pero no exagero nada. Se gustan tanto a sí mismos que todo lo que escriben les parece que nadie será capaz de escribirlo. Así que el hecho de haber sido capaz de reducir tantas páginas me parece un buen comienzo. Además, ha introducido algún golpe de humor que a mí me parece de nivel. Sus descripciones siguen siendo buenas, mejores las de los lugares que las de las personas. Las personas le cuestan más porque las observa peor, para eso hacen falta años. De todas formas, lo que ha escrito está mucho mejor y, si sigue así, puede que tenga algún futuro como autor. Eso se verá cuando tenga algo que contar: en esta novela no puede mostrar su talento porque no es su historia.

Luisa me llama y me pide que vaya. Ayer no le conté el final del acuerdo con el representante de Noelia Regüela.

—Ayer no me llamaste y tampoco cogías el móvil.

—Es que lo dejé en silencio y no lo escuché.

—¿Qué tal? ¿Cómo acabó la cosa?

—Noelia Regüela publicará su próxima novela en Uriarte.

—¡Qué buena noticia! Así que te fue bien con el representante.

—Muy bien —digo sin poder evitar que se me escape la risa.

—¿Nooooo? —pregunta con tono de haberme descubierto.

—Sí —digo riendo como una adolescente.

—¿Estuviste con él?

—Toda la noche.

—¡Ya me lo estás contando!

Carlos, mi ex, decía que cuando tu mente está escribiendo, todo surge como sin esfuerzo y puedes hacerlo casi sin pensar, con la tele puesta, con interrupciones, sonando el teléfono y hasta contestando. Cuando no tienes ese momento, ya puedes aislarte en una cabaña con chimenea en un lago de la montaña que no te sale ni una línea. Yo ahora estoy en un buen momento. Habrá varios motivos para que las cosas me salgan bien, pero debe de ser importante que en pocos meses haya pasado de una abstinencia total a tener dos amantes. Aunque uno, la verdad, sea bastante mejor que el otro.

Me ha llamado mi hijo un instante antes de que lo hiciera yo. Quería decirle que me ha gustado mucho el criterio con el que ha cortado el texto. Quería decírselo porque se iba a alegrar y porque a mí también me pone muy contenta. Estaba con el teléfono de mi mesa descolgado y marcando su número cuando ha sonado mi móvil con su nombre en la pantalla. La importancia de las cosas siempre es relativa. A mí me parecía muy importante decirle que me había gustado lo que había escrito, pero lo que él tiene que decirme no deja espacio para nada más. Después del «Carlos, hijo, precisamente te estaba llamando ahora mismo para decirte que...», mi hijo me interrumpe bruscamente con una noticia inesperada, que no sé si es buena o mala o las dos cosas a la vez: «Mamá, vas a ser abuela. Yoli está embarazada». Después de un rato en silencio el discurso no me sale nada ordenado: «Enhorabuena... bueno, ¿lo vais a tener...? Lo tendréis si me das la noticia... Mira que estáis a tiempo de echaros atrás... ¿Yoli qué dice...?». Mi hijo tampoco está mucho más tranquilo. Me cuenta que acaba de estar con Yoli en casa y que ella dice que por supuesto que lo va a tener. Él está contento, pero muy confuso. Mientras me habla, Yoli aparece en la pantalla del móvil como llamada en espera. Será para contármelo. Se lo digo a Carlos, que me pide que lo coja y que luego hablamos nosotros.

—¿Yoli?

— Hola, Ana. ¿Has hablado ya con Carlos?

—Sí, estaba hablando con él. Me lo acaba de contar... Enhorabuena... ¿Cómo estás?

—Asimilándolo, pero muy contenta. Enhorabuena a ti también.

—¿Qué vais a hacer Carlos y tú?

—No lo sé. Tenemos que seguir hablando.

—Creo que deberíais intentar estar juntos en este momento.

—No es fácil, pero puede que lo intentemos.

—Yo me alegraría.

Cuelgo con Yoli y vuelvo a llamar a Carlos. Me dice que esta noche hablarán y que después me cuenta. Estoy un poco confusa sobre mis sentimientos, pero me parece que puedo adivinar entre un buen puñado de ellos uno que se parece mucho a la alegría. En la agenda de mi móvil voy a la C y busco a «Carlos camarero». Está delante de «Carlos hijo».

—¿Sí?

—Hola, soy Ana. ¿Dónde estás?

—En el Manolo.

—¿A qué hora sales?

—A las siete.

—Me gustaría verte.

—Vale, quería pasarme por El Olivo a ver qué tal. ¿Te vienes?

—No quiero ir a El Olivo. Quiero ir a tu casa o que vengas a la mía.

—¡Vale! A las siete en tu casa... ¡Que le den a El Olivo!

Hay tres propuestas para la portada de la novela. Una de color negro con tipografía roja y verde y el dibujo de una sandía, cogiendo la idea del cuadro que Fernando pintó de Elena; otra en la que aparece una mujer guapa con actitud de coger un taxi, ésta no tengo ni idea de por qué, y otra en la que se ven las piernas de una chica pisando unos lienzos que me gusta bastante. Se las he pasado a mi hijo por mail a ver qué le parecían y coincide conmigo en que la de las piernas de la chica es la mejor. También me ha hecho referencia a que el nombre de Carlos Santos sale más pequeño que el de Carlos Pacheco. Le he dicho que eso es normal y que es una práctica habitual cuando la obra se escribe a cuatro manos y uno de los autores tiene una «marca» consolidada. Su nombre aparece más pequeño, pero no hay demasiada diferencia. Carlos lo ha entendido con agrado.

En cuanto al anticipo, es menor que el que le daban en Tierra, pero tampoco está mal. Con esto, y siendo el único heredero de los derechos de todos los libros de su padre, el económico no es desde luego un problema para mi hijo. Eso relaja mucho, y más en estos tiempos.

Le he contado a Enrique los detalles de la publicación de la novela para que lo explique en la radio. Es bueno ir calentando al público y que sepa que dentro de poco la obra póstuma de Carlos Pacheco estará a la venta. La reedición de las anteriores sigue yendo muy bien en la lista de ventas, tres de ellas están entre los diez primeros y otra más entre los quince.

Enrique ha contado la noticia en la radio tal y como se lo he pedido:

Carlos Pacheco dejó escrita una novela antes de morir. Un texto que no pudo acabar y que en una experiencia muy novedosa, casi única diría, por parte de la editorial, ha sido terminada por su hijo, que también es escritor y que utiliza el seudónimo de Carlos Santos. El lector podrá disfrutar en un mismo libro de la obra póstuma de un escritor que ya es un clásico y del inicio de la carrera de su hijo, por el que Carlos Pacheco siempre apostó y que tiene, según los expertos que ya han leído su obra, un enorme talento y un futuro muy prometedor en el mundo de la literatura. Sin duda, es el libro más esperado del año por unir estos dos alicientes y en apenas unas semanas estará en las librerías.

Elena vive por inercia después de romper con Fernando. Entró a trabajar en una tienda de ropa en el barrio de Salamanca y a los pocos meses la hicieron encargada. El motivo fue que era algo mayor que el resto y, sobre todo, que desde que entró nunca tuvo ningún problema de horarios. Prefería estar allí ocupada que en cualquier otro sitio, así que siempre cubría turnos, hacía suplencias y abría y cerraba el local. Era un buen negocio para su jefe, que cada vez se pasaba menos por la tienda. Elena tiene cinco compañeras de trabajo veinteañeras a las que algunas veces se esfuerza en escuchar sus problemas con los novios, sus ganas de que llegue el fin de semana, sus intenciones de casarse, la pena que les dio que ayer expulsaran a la chica que mejor cantaba en un concurso de televisión. Las chicas no notan que a Elena no le interesa nada de lo que dicen.

La tienda cierra los domingos. Es el día que aprovecha para descansar en casa viendo la tele. Ha habido algunos que ni siquiera ha llegado a quitarse el pijama.

Hay un día de la semana que Elena sale por la noche, casi siempre los jueves, aunque algunas semanas también sale los miércoles. Suele ir a los tres o cuatro bares de Madrid donde tocan grupos en directo, a los que ve con envidia mientras se toma un vodka con Coca-Cola. Ha aprendido a ser muy cortante con los hombres que se le acercan continuamente al comprobar que esa chica tan guapa ha venido sola al concierto. Al principio, le costaba más, pero ahora, antes casi de que la saluden, los mira y les dice: «Vete, que estoy viendo el concierto». Le costó unos diez jueves perfeccionar la frase, su entonación y la mirada fija al pronunciarla. Diez jueves a unos cuatro hombres por jueves. Unas cuarenta veces pronunció la frase hasta que le salió tan bien que a ninguno se le ocurría insistir.

Elena pensó durante mucho tiempo que no había sido una buena idea dejar a Fernando. Mil veces tuvo la tentación de volver con él. En momentos en los que la soledad apretó con fuerza ni ella misma se acordaba del motivo de su decisión, se sentía ridícula cuando no sabía explicar las razones por las que le había dejado. A ratos sentía rabia por no encontrar nada que reprochar a Fernando. Ni en eso se lo puso fácil para olvidarle.

Ha tardado en entender que, cuando se cambia de camino, el nuevo no tiene por qué ser mejor. Simplemente es distinto. La vida de Elena ahora no es mejor que la de antes, pero al menos es suya.

Hola, Ana, cuando leas esta carta, yo ya estaré muerto. Es lo que quiero. Supongo que cuando los médicos hagan mi autopsia no tendrán dudas, pero si les quedara alguna, aquí está la prueba —de mi puño y letra— de que voy a morirme porque quiero hacerlo.

Estoy cansado: no tengo nada más que escribir, no me queda nada por vivir...

Enrique y yo hemos quedado para tomarnos una copa a la salida del trabajo. Quiero darle las gracias por cómo dio la noticia en la radio el otro día. Desde que lo dijo, se han hecho eco casi todos los periódicos y los libreros han comenzado a hacer pedidos masivos. Enrique está mucho más animado que las últimas veces que nos hemos visto después de la muerte de su madre. Me cuenta que está deseando leer la novela y le digo que para él será el primer ejemplar que llegue a la editorial desde la imprenta.

—Ana, yo di la noticia de la manera que me pediste —me recuerda Enrique—. Ahora tienes que cumplir tu parte del pacto.

Mi parte del pacto está dentro de mi bolso. Es la carta de Carlos. Le prometí que se la enseñaría.

—¡Me la he dejado en casa! —le miento.

—Sé que nunca me la enseñarás —dice sin creerme.

—Tú eras su mejor amigo, pero la carta es demasiado personal. ¿Sabes cómo la encabezó?

—¿Cómo?

—«Para Ana, de tu muerto».

—¡Joder, qué comienzo!

—Al fin y al cabo, era escritor —le respondo con tono de haberlo ya superado.

Hablamos mucho de Carlos: de sus pasiones, de cómo le gustaba el sexo, de cómo se comía la vida y de su forma de morir, tan literaria y tan coherente con él mismo.

—Yo he intervenido como policía —me cuenta— dos veces en casos de hombres que han muerto practicando sexo.

—¿Y?

—La muerte siempre es desagradable, pero aquellos dos tipos tenían como una especie de felicidad en el rictus —dice riendo, no sé si en broma o en serio.

—¿Y fue durante el acto o nada más terminar?

—No lo sé, mujer. ¡Qué morbosa! Eso sí, ninguno de los dos estaba con su mujer.

—¿Ah, no?

—No. Uno estaba con una amante y el otro con una prostituta.

—¡Pobrecitas! —se me ocurre decir.

—La prostituta estaba desolada, tenía mucho miedo por si tenía alguna responsabilidad en su muerte. Pensaba que ella era la culpable. Tuvimos que ser nosotros los que la tranquilizamos.

—¿Y el que estaba con su amante?

—Ésos estaban en un hotel de lujo en Barcelona. Cuando llegamos, la chica seguía todavía desnuda, histérica y sin parar de llorar a los pies de la cama. Él estaba tumbado en la cama con los brazos en cruz, las piernas separadas y los ojos abiertos. Parecía un nudista tomando el sol.

—¡Qué bruto eres! —le digo antes de reírnos los dos.

—Woody Allen dice en una de sus películas que «comedia es tragedia más tiempo». —Se disculpa por la risa que le ha dado al acordarse de aquel tipo espanzurrado en la cama de un hotel.

... Siempre le he tenido mucha manía a los nostálgicos, ya lo sabes, y llevo demasiado tiempo siendo uno de ellos. El recuerdo de lo que era y de lo que hacía es el único motor que tengo y eso me convierte en alguien que no me gusta...

Carlos nunca miraba para atrás, nunca creyó que ningún tiempo pasado fuera mejor. En nada. Carlos, hasta que yo viví con él, jamás se arrepintió de nada de lo que había hecho por mal que le saliera. La vida era para él un coche sin marcha atrás, sin retrovisores y, lo que fue peor, sin frenos. A mí me costó mucho acoplarme a esa forma de entender la vida, aunque, cuando la dejé, no fue fácil acostumbrarme a la contraria.

Mi hijo y Yoli traen pasteles. Al principio me enfado porque han llegado media hora antes de lo que me dijeron y todavía no estaba preparada. No la había visto al entrar, pero Yoli trae también una botella de champán en una bolsa.

—Está fría —me dice—, pero métela un segundito en el congelador y ahora la abrimos.

—¡Qué contentos os veo! —me alegra decir.

—¡Hay cosas que celebrar! —dice Carlos mientras me entrega un manuscrito.

Mi hijo lo ha encuadernado con un canutillo negro y le ha puesto unas tapas de color azul clarito.

—¿Qué es esto?

—La novela terminada.

—¿Ya la has rehecho entera?

—Sí, ahora quiero saber qué te parece —me confiesa Carlos.

—¿La has leído? —le pregunto a Yoli.

—Todavía no. He decidido hacerlo cuando esté terminada.

—Esta misma noche me la leo —prometo.

Saco del congelador la botella de champán y tres copas del armario.

—¿Tú puedes beber? —pregunto a Yoli.

—Sí, un sorbito para brindar no hace daño, pero será el último. Después, no volveré a beber alcohol.

Me sorprende haber hecho esa pregunta. Prefiero no recordar las cosas que yo hice cuando estaba embarazada de Carlos. La menos perjudicial fue fumarme casi un paquete de tabaco al día. A consecuencia de eso, Carlos fue prematuro, pesó poco y tuvo que pasar varias semanas en la incubadora. El brindis me ha hecho recordar este episodio que había borrado de mi memoria.

—¡Bueno, contadme qué vais a hacer! —les pido con un tono alegre.

—Nos vamos a separar definitivamente —contesta Yoli.

—¡Vaya! —exclamo decepcionada.

—¡Es lo mejor! —apoya mi hijo.

—Lo hemos hablado y que vayamos a tener un niño no significa que tengamos que estar juntos —me explica Yoli.

—Yo voy a reconocerlo y tendremos la custodia compartida, pero es mejor que Yoli y yo no vivamos juntos.

Me irrita tanta cordialidad entre ellos, aunque hago un esfuerzo para que no se me note.

—¡Pero si hace tres días que estabais juntos! Creo que, por el bien del niño, lo deberíais intentar al menos.

—Nosotros ya lo habíamos dejado —me contesta Carlos—. Precisamente por el bien del niño, no debemos estar juntos.

—No habléis tanto de niño —interviene Yoli—, que a lo mejor es niña.

—¿Habéis pensado algún nombre?

—Si es niño, seguro que Carlos —se anticipa mi hijo sin que Yoli diga nada.

—¿Otro Carlos? —pregunto con tono de hartazgo.

—Sí, ¿qué pasa? —contesta Carlos.

Tengo alguna esperanza de que Ana sea la respuesta a la pregunta que voy a hacer a continuación. Me haría mucha ilusión.

—Y si es niña, ¿cómo la vais a llamar?

—¡Miryam!

—¿Miryam? ¿Y por qué Miryam?

—Porque mi mejor amiga se llama Miryam —contesta Yoli.

—Y además es muy bonito —añade mi hijo.

Carlos y Yoli se quedan a cenar. Después de proponérselo, me he dado cuenta de que a lo mejor no era buena idea y ellos han pensado lo mismo después de haberme contestado que sí. En la tele hay un partido de fútbol y el ruido de la voz de los comentaristas nos acompaña de fondo.

—¿Tú vas a seguir viviendo en el piso de la calle Carretas? —pregunto a Yoli.

—Claro. Es mi casa, ¿dónde voy a ir?

—Es que no creo que el centro sea el mejor sitio para un niño.

—A mí me encanta el centro.

—Ya, pero aunque a ti te guste el centro, si para el niño no es bueno, tendrás que irte de allí.

—Y dale con decir niño, que a lo mejor es una niña... —se enfada Yoli—. Y además, el centro es un sitio estupendo para un niño... o una niña.

—¡Mamá! —interviene mi hijo—. Te veo muy conservadora.

—Es que tener un niño es mucha responsabilidad.

—¡Ja! —exclama Yoli con ironía.

—¿Cómo que ja? ¿Qué quieres decir con ja? —me enfado.

—¡Que mira quién fue a hablar! —insiste Yoli.

—¿Me estás juzgando tú a mí?

—Sólo digo —me responde Yoli— que tú no eres quién para dar lecciones de cómo se educa a un hijo.

Carlos no interviene. Yoli llevará razón, supongo, pero me entristece el reconocimiento que hace mi hijo con su silencio. En la tele marcan gol y Carlos aprovecha para levantarse a ver quién ha sido. Yoli me ayuda a recoger los platos. La tele y el sonido de los tenedores arrastrando la comida sobrante es el único ruido que hay en el salón.

—¡Lo siento, Ana! —dice Yoli—. Es que me ha molestado lo que has dicho, pero creo que me he pasado un poco.

—¡Yoli, no se te ocurra compadecerme!

Mi hijo deja de mirar a la tele y nos mira a nosotras.

—¡Venga, vale ya! —dice desde el sofá.

—¡No vale! —digo yo—. Y deja la tele y ven aquí.

Mi hijo la apaga al verme enfadada y se viene a donde estamos nosotras.

—¡Estoy harta de justificarme como madre! —levanto la voz a mi hijo—. Y más aún de que me juzgues.

—Yo no te he juzgado.

—¡Carlos, no seas infantil! Yoli tiene la opinión que tú le has dado.

—Bueno, yo opino que…

—Tú no opinas nada —corto a Yoli—. Esto es entre él y yo.

Yoli se calla y se recuesta sobre el respaldo de la silla, en claro síntoma de retirada.

—Tú sabes lo difícil que fue, te tuve con veinte años y sola.

—¿Y papá?

—Papá nunca estaba cuando se trataba de ti. ¿No lo sabes?

—Sí, pero entre él y yo, siempre le elegiste a él.

—¡Joder con la frasecita! Es la segunda vez que me la dices. Yo elegí una vida con tu padre, buena o mala, pero era la mía. ¡Tú eres mi hijo, no eres el hombre de mi vida!

Mi hijo no contesta, Yoli permanece en silencio y yo no puedo dejar la oportunidad de decirle algunas cosas que quiero que sepa. Es el momento.

—A mí nadie me enseñó cómo se hace. No tengo padres desde que tenía once años, tampoco sé muy bien qué es serlo. He pasado mucho tiempo torturándome con la idea de que yo era una huérfana que había criado a otro huérfano. Y no es verdad. Hemos llegado hasta aquí, tienes casi veinticinco años, muchas oportunidades, dinero y vas a ser padre. ¡Sal al mundo y deja de echarme la culpa de todo!

... Te he querido mucho. Lo sabes, pero te lo vuelvo a decir. Has sido la persona más importante de mi vida. Me has hecho vivir, disfrutar, amar y escribir mucho mejor de lo que lo hubiera hecho sin conocerte. Sobre todo, escribir...

Elena ha ido a comprarse una guitarra. La suya se había quemado en el incendio. Uno de esos jueves le contó al encargado de uno de los bares que era cantante y éste le habló de un grupo que toca allí algunas veces. Se llaman Gerundio. Le presentaron primero al guitarra, luego a la chica que toca el órgano, más tarde al de la batería y después al más mayor, Elías, que compone y toca el bajo. El cantante es el guitarra y pensaron que podía ser bueno introducir una voz femenina. Carla, la del órgano, no sabe cantar. El día que Elena hizo la prueba para entrar en el grupo estaba tan nerviosa como no recordaba haberlo estado antes. Pidió a su jefe el día libre. El primero que pedía desde que había entrado a trabajar en la tienda. El estudio estaba en un polígono de las afueras. Tardó en encontrarlo, y más en encontrar la calle Antonio Machado número 7 bis nave B. Las calles del polígono, como las de todos los polígonos, tenían nombre de escritores. Antonio Machado era perpendicular a Pío Baroja y paralela a Miguel de Unamuno. Cuando Elena abrió la puerta gris de metal y entró en la nave, los cuatro músicos del grupo estaban ensayando desde hacía rato. En ese momento estaban tocando una versión de *Shine a Light* de los Rolling. No pararon al verla entrar, tan sólo la miraron mientras seguían tocando. Al terminar, se saludaron con un par de besos sin hacer referencia al retraso y la invitaron a coger la guitarra acústica para unirse a ellos. Elena tenía los dedos helados, pero no quiso pedir más tiempo para que se le calentaran. Al tocar los primeros acordes, sintió que la iba a fastidiar.

—¿Te parece que sigamos con los Rolling? —le preguntó Rony, el guitarra.

—¡Perfecto! —contestó Elena, consciente de que hubiera contestado de igual modo a cualquier propuesta.

—¿Conoces *Live With Me?*

—Me encanta ese tema. Vamos allá.

Elena suelta la guitarra acústica y coge el micrófono de mano. No necesita la guitarra para esa canción. Rony comienza los primeros acordes con la eléctrica y canta las primeras estrofas. Con la mirada, le da paso a Elena para que se sume, pero Elena no recuerda la letra. Intenta balbucear alguna palabra inglesa con un *na na na*... que sale muy desentonado.

—¡Perdón, lo siento! —se disculpa al tiempo que los músicos paran.

Elena está nerviosa. Intenta recordar la letra musitándola bajito.

—¿Quieres que intentemos otra? —le propone Carla, la del órgano.

—¡No, no! Vamos con ésta. ¡Cuando queráis!

Rony vuelve a hacer sonar su guitarra, tras él entra Braulio, el batería, se añade Carla y Elías, el bajo. Rony canta la primera estrofa y le vuelve a dar paso con la mirada para que se sume. Elena empieza con el primer verso —«*my best friend, shoots water rust*»— y a partir de ahí se siente tan feliz que continúa imparable cantando y bailando hasta la última estrofa. Ni ella misma creía que fuera capaz de cantar con tanta pasión. Los músicos se pusieron a aplaudir y a gritar nada más parar los instrumentos. Elena estaba tan contenta que no sabía si saludar o llorar.

—¡Joder, tía! —dijo Elías—. ¿Tú de dónde has salido?

Voy a ser una abuela con cuarenta y seis años y dos amantes. Bueno, a lo mejor cuando nazca el niño, ya no tengo dos amantes, a lo mejor no me queda ninguno. O quién sabe, puede que tenga tres. El sexo me está ayudando mucho. Encontrarme con Carlos el camarero en este momento de mi vida es tener mucha suerte. Lo de Nacho es distinto. No está mal, pero es otra cosa. Me encanta su manera de hablar, tiene mucho sentido del humor, es culto sin alardear y sabe escuchar. Como amante, es completamente normal. No está mal, tiene experiencia y se nota que conoce el cuerpo de las mujeres, pero el sexo con él no es precisamente inolvidable. Carlos tiene más imaginación y, sobre todo, es mucho más generoso. Con Nacho lo paso bien, pero necesito más motivación. De noche, después de unas copas, buena música… entonces me apetece y el sexo es más o menos bueno. Con Carlos el camarero me apetece siempre, no es necesaria ni una cerveza y el sitio da igual.

Con Nacho estuve ayer. Cenamos en un asador nuevo que han abierto en el barrio y luego se quedó a dormir en casa. Esta mañana se ha levantado pronto y hemos quedado en vernos la próxima semana.

Esta noche he quedado con Carlos en El Olivo. Vamos a cenar pronto porque mañana madrugamos los dos. A las nueve y media me está esperando en una mesa en el rincón. Es muy pronto, así que todavía no hay ninguna otra mesa ocupada. A las diez hay tres reservas y a las diez y media, cuatro más. Un día más van a llenar. De eso empezamos a hablar nada más sentarme. Me cuenta que está decidido a dejar el Manolo y venirse aquí. Necesitan gente y es absurdo que él esté trabajando en otro bar siendo dueño en parte de este restaurante. Le apoyo en su decisión y brindamos por ello. Mañana mismo dirá al dueño del Manolo que se va. Me pone al día sobre el último cuento que está escribiendo y yo sobre las novedades de la editorial. Una de ellas es que el libro de Martín Gracia se está vendiendo muy bien y la próxima semana vamos a hacer una segunda edición. Carlos no pierde esta vez mucho tiempo explicándome los problemas que tiene con su ex y le agradezco más que me cuente lo bien que lo pasó el sábado con su hija Martina, a la que le tocaba dormir con él. La cena transcurre bien, casi nos hemos acabado la botella de vino y todas las mesas del restaurante se han llenado sin que nos diéramos apenas cuenta.

—¡Carlos! Voy a ser abuela.

—¡No jodas! —le sale del alma.

—¡Como lo oyes!

—¡Enhorabuena! —Y añade antes de dudar—: Porque te doy la enhorabuena, ¿no?

—Me siento rara al pronunciar la palabra, pero me hace ilusión.

—Yo nunca me he acostado con una abuela.

—Yo todavía no lo soy.

—No, pero estás muy cerca. Esta noche me lo voy a hacer con una casi abuela.

Lo mejor de Carlos el camarero en la cama es su boca. Ya lo tengo comprobado. Es muy bueno en todo, pero con la boca tiene un don. Ha estado dedicado a mí hasta que creía que ya no podía más. No he contado las veces, pero venía uno detrás de otro. No me ha dejado tomar la iniciativa en ningún momento. Y yo, encantada. He seguido tumbada y él, frente a mí, me ha levantado las dos piernas, cada una con un brazo. Dentro de mí ha empezado a moverse despacio, acercando cada vez más y muy poco a poco su pecho contra el mío. Con suavidad, ha doblado mis piernas y las ha echado hacia atrás a medida que iba entrando más. Casi sin darme cuenta mis rodillas y mis hombros se están tocando y el peso de Carlos sobre mí apenas me deja moverme. Es él quien se mueve y cada roce dentro de mí me proporciona tanto placer que me es difícil reconocer alguna parte de mi propio cuerpo. No me gusta cerrar los ojos cuando hago sexo, me gusta mirar lo que pasa, pero ahora es mejor cerrarlos. Quiero sentir, concentrarme en mi placer, cada vez más intenso y cada vez más distinto. La cama está empapada y yo tengo la sensación de que en cualquier momento voy a marearme. Oigo la respiración de Carlos cada vez más intensa y su forma de jadear anuncia que pronto va a terminar. Me concentro para sentir ese momento. Llega acompañado de un último y sonoro jadeo. Yo no tengo fuerzas para gritar, estoy exhausta, mareada, con un cuerpo que ni siquiera parece mío. O me falla la memoria o a mis cuarenta y seis años he sentido algo que no había sentido antes. Me da tanta alegría pensar en eso que me pongo a reír con Carlos todavía dentro. Al salir de mí, tengo la necesidad de fumarme un cigarro. Carlos enciende los dos. Doy la luz y fumo desnuda en la cama. Miro mi cuerpo, con un poco más de tripa de la que me gustaría. Sigo siendo delgada, pero mi piel no es tan turgente como lo era hacía años. Donde más noto el paso de los años es en mi pecho. Ya no está donde me gustaría. Tengo la opción de cubrir con la sábana todos esos defectos, pero no lo voy a hacer. Lo que veo es lo que hay y me gusta lo que veo.

... En los últimos meses he estado escribiendo una novela (son los folios que acompañan a esta carta). Es nuestra historia, pero yo no sé cómo acabarla. Mi final lo tengo claro, es el que va a suceder, aunque no hace falta que el de Fernando sea el mismo. Él debería seguir pintando, aunque, si nos ajustamos a la verdad, debería hacerlo mucho peor que cuando Elena vivía con él: ya leíste mis dos últimas novelas. El final de Elena lo dejo abierto. Un día te fuiste y ya no sé qué más pasó...

Esta mañana he entregado la novela a Luisa. Se la está leyendo al mismo tiempo que Laura, la ayudante a la que tuvimos que despedir. Le he pedido que haga este trabajo y que nos lo facture como un servicio independiente. Me fío mucho de ella, es muy buena editando defectos de estilo, repetición de palabras, construcción de oraciones, pero, sobre todo, me fío mucho de su criterio literario. Además, dice lo que piensa, sea el autor que sea. No tiene ningún complejo. Cuando ella termine, hay que maquetar la novela, después la leerán un par de correctores más y, por último, la lectura final del autor. Ése es el proceso normal antes de que el texto entre en la imprenta.

Vamos a hacer la mayor tirada que se haya hecho nunca en esta editorial, los pedidos de los libreros están siendo muy grandes y las peticiones de entrevistas para que mi hijo promocione en los medios la novela son abrumadoras. Las mejores estrategias de márketing suelen ser las que no se planean. El tema tiene mucho morbo y a la gente le interesa la vida de Carlos Pacheco y, sobre todo, su forma de morir. Los programas de televisión van a tener carnaza y nadie mejor para hablar de un padre que su propio hijo, que, además, ha concluido su obra inacabada. Hoy he hablado con él por primera vez desde que discutimos el otro día. Los dos nos hemos comportado como si no hubiera pasado nada. Así es mejor, aunque lo que le dije, dicho está. Le he contado por encima las solicitudes de entrevistas que hay para él y se ha puesto muy contento. Ha intentado disimular que, en el fondo, se muere por salir en televisión argumentando que no piensa ir a algunos programas del corazón o los que no traten el libro como se merece. Yo estoy de acuerdo, pero sé que acabará yendo a todas las entrevistas porque le hace mucha ilusión ser famoso.

Yoli también me ha llamado esta mañana. Me ha encantado que lo hiciera.

—¡Ana, quería volver a disculparme por lo que dije el otro día!

—No es necesario.

—También quería decirte que estoy de acuerdo con todo lo que le dijiste a Carlos.

—Yo también te debo una disculpa.

—¿Ah, sí?

—Si te soy sincera, nunca me gustaste para mi hijo. Me parecías un poco… no sé… un poco así…

—Te parecía gilipollas —me interrumpe.

—Pues sí. Y ahora me arrepiento. La gilipollas era yo.

—Pues ahí no te voy a quitar la razón. —Se ríe ella y me río yo.

Tras mi panel aparece Luisa con los folios en la mano. Se sienta enfrente de mí dispuesta a contarme lo que le parece. Estoy ansiosa por conocer su opinión. Me suena el móvil. En la pantalla pone «Carlos camarero». No es el momento de hablar con él, pero Luisa me pide que lo coja y después de colgar hablamos más tranquilas.

—¿Diga?

—¿Qué tal, Ana?

—Un poco liada. Ahora no puedo hablar…

Suena también el móvil de Luisa, que me pide con los dedos un momento y sale de mi cubículo para hablar. Aprovecho para seguir con Carlos.

—Bueno, dime, que sí tengo un momento ahora.

—Es que quería decirte que lo de ayer fue una pasada. Es recordarlo y me pongo como una moto.

—Yo llevo toda la mañana igual —le reconozco.

—Ana, quería proponerte algo.

—Dime.

—Es que no sé si por teléfono es lo más adecuado —me dice.

—Pues no haber empezado. ¿De qué se trata?

—Ana, ¿tú has hecho alguna vez un trío?

Me entra la risa, que no exteriorizo, así que me mantengo en silencio. Luisa ya ha terminado su llamada y vuelve a entrar.

—Carlos, ahora no puedo. Luego te llamo.

—¿Pero no estás enfadada por la propuesta, verdad?

—No, hombre, no —le tranquilizo con una sonrisa esta vez sonora.

Tengo a Luisa otra vez delante de mí dispuesta a darme su opinión.

—¡Me ha encantado! Es más, yo creo que la segunda parte es mejor aún que la primera.

Yo creía estar segura de que era una buena novela, pero nunca se sabe hasta que no tienes más opiniones. Sin tiempo para contestar a Luisa, aparece Laura, que también ha terminado de leerla.

—¡Me ha encantado! Es más, te diré que la segunda parte es mejor que la primera.

—¡Vaya! —digo rotundamente feliz—. Eso es coincidir.

—Yo le he dicho exactamente lo mismo —le cuenta Luisa.

—Tu hijo tiene mucho futuro como escritor —añade Laura—. Escribe muy distinto a su padre, pero consigue el mismo efecto.

Carlos está en Jaén viendo a su abuela Dolores. Ha ido a contarle en persona que va a ser bisabuela. Desde allí me han llamado por teléfono y he podido hablar con ella. Ha llorado un poco pensando que su hijo no iba a conocer a su nieta, aunque rápidamente la he hecho cambiar de conversación y me ha contado que está muy feliz viviendo en casa de su hermana. Dolores está convencida de que será una niña. Ha tenido un hijo y un nieto varones y me dice que ahora le hace muy feliz que la vida le vaya a regalar una niña antes de morirse. Siempre he tenido claro que la sensibilidad de Carlos al escribir era herencia directa de su madre. Le he prometido a Dolores que dentro de un mes la acompañaré a Asturias para que vaya al cementerio a visitar a su marido y a su hijo. Estar tan lejos de sus tumbas le hace sentirse un poco culpable. Como los niños, mi suegra me ha dado un beso sonoro por el teléfono y me ha vuelto a pasar con mi hijo.

—¿Cuándo regresas a Madrid?

—Estoy pensando en quedarme por aquí unos días.

—¿En casa de tu abuela?

—No. Aquí vendré a comer, pero me voy a quedar en un hotel rural que hay en el pueblo de al lado. Me he traído el ordenador y puedo escribir tranquilo... Le estoy dando vueltas a una idea para otra novela.

—Me parece muy bien. Quédate ahí un par de semanas hasta que el libro salga a la venta y empiece la promoción.

Nacho y yo nos vemos una vez a la semana. Es una buena media. Más sería precipitar el desgaste, pero con esa frecuencia sí me apetecen nuestros encuentros. Cuando una tiene ya cierta edad hasta un hombre tan guapo puede ser sólo tu amigo. Creo que Nacho lo acabará siendo cuando no terminemos todas nuestras cenas en la cama. Y para eso no falta mucho. A él también le gusta mi conversación. Nacho y yo nos parecemos en muchas cosas, no sólo en nuestra afición por la literatura. En realidad, él como representante y yo como editora, tenemos una parte de nuestro trabajo que es idéntico: manejar el ego de otros.

Nacho es bastante discreto y por eso me ha negado las veces que le he preguntado si con Noelia Regüela ha tenido algo más que una relación profesional. Yo creo que miente, pero de su boca no ha salido ni media palabra.

A Nacho le encantaba la forma de escribir de Carlos Pacheco. Hemos hablado bastante de sus libros y yo le he descubierto cómo era la persona que había detrás del escritor que la gente conocía. Es curioso: esa persona le parece fascinante a través de mis ojos. A mí, según le recuerdo, también me lo está pareciendo.

Nacho está deseando leer su última novela.

—Es muy buena —le aseguro.

—¿Y la parte de tu hijo?

—Dicen que está a la misma altura o mejor.

—Debes de estar muy orgullosa.

—Claro, imagínate.

—¿Cuándo me la vas a dejar leer? —me pregunta con tono de ruego.

—Unos días antes de estar en las librerías ya tendremos algunos ejemplares en la editorial. Uno de ellos será para ti.

—¿Y eso cuándo será?

—Falta menos de una semana.

Hoy, jueves, Elena debuta con Gerundio en un bar de Malasaña. Está deseando que lleguen las diez y comenzar el concierto. Está nerviosa, claro, pero no encuentra nada malo en estarlo. Se muere por tocar. Gerundio son bastante rockeros, aunque no tienen mucho repertorio propio. Sólo tienen tres temas suyos, compuestos por Elías, y el resto de lo que hacen son distintas versiones de canciones de los Rolling, los Smiths, los Doors, U2... Tocan muy bien, pero su único objetivo es divertirse haciéndolo por bares. Cada uno de ellos tiene su trabajo y ni el más mínimo deseo de vivir de la música. Elías es arquitecto, para él trabaja Carla como decoradora de interiores. Braulio, el batería, es guionista de televisión y Rony trabaja cuando le apetece en las empresas de su padre, del que vive porque tiene mucho dinero. Rony es, en esencia, un pijo, lo que pasa es que lo sabe, se asume y se acepta como tal. Eso le hace muy especial.

Todos están encantados con Elena, con su voz y con su entrega. Les han bastado tres semanas de ensayos para darse cuenta de que el grupo con ella es mucho mejor. A veces no entienden por qué alguien tan bueno no ha intentado una carrera profesional. Ella contesta siempre que en el mundo hay personas que quieren ser vistas y otras prefieren mirar. Así de simple.

Esta noche tocarán diez temas, aunque han preparado doce por si la cosa va y hay bises. Ojalá que sí.

Los cinco miembros de Gerundio están en la barra desde las ocho y media. Ninguno, salvo Elena, va a cambiarse de ropa, pero ella va a cantar con una camiseta de tirantes y unos pantalones de cuero rojos muy ceñidos con los que no le apetecía salir de casa.

A Rony le gusta beberse un whisky antes de salir, pero el resto son músicos de lo más sano. Elena también lo es.

El bar está repleto. En primera fila están las compañeras de Elena y hasta su jefe, que bebe vodka con naranja sin parar. Elena ha pasado al almacén a ponerse los pantalones rojos. Cuando sale, sus compañeros ya están en el escenario. Ella tiene que cruzar toda la sala para llegar. En el camino, abriéndose paso entre la gente, nadie sabe quién es. Eso sí, los que aciertan a mirarle el culo no apartan la vista. El trayecto desde el almacén es un camino de nervios y de alegría. Está a punto de volver a hacer lo que más le gusta. En el momento que Braulio dé el primer golpe de batería, será como empezar otra vez. Elena está a punto de llegar al escenario cuando una mano se posa en su hombro al tiempo que una voz muy reconocible le grita «guapa». Elena vuelve la vista.

—¡Fernando!

—¡Suerte! —le dice, dándole un beso en la mejilla.

Elena está aún más feliz después de verle.

—Gracias por venir. ¡Qué alegría!

—Quería despedirme.

—¿No te vas a quedar?

—No. Mañana madrugo para ir al aeropuerto. Me voy a vivir a Londres.

Elena y Fernando se dan un beso de despedida, casi a los pies del escenario.

—¡Llámame desde allí! —le pide Elena.

—¡Sube ya, mujer, que la gente te está esperando!

Elena sube al escenario y Fernando se abre paso en sentido contrario a la gente en busca de la cortina negra y gruesa tras la que está la salida. Braulio hace chocar sus baquetas, «un, dos, tres», golpea la batería y se unen el resto de los músicos. Elena coge el micrófono de mano y saluda gritando al público.

—¡Buenas noches a todos...!

La primavera ha empezado lluviosa, aunque dejó de hacer frío hace semanas. Sobre la mesa tengo las novedades literarias que han salido al mercado de cara a Sant Jordi y la Feria del Libro de Madrid. En esta época del año es cuando las editoriales publican sus libros más importantes. No hay gran cosa este año.

—¿Ha llegado ya el mensajero? —me pregunta Luisa asomando su cabeza tras el panel.

—Todavía no.

—¿Quieres un café?

Luisa y yo nos vamos en busca de la cafetera que hay en la salita de reuniones.

—¿Has hablado con Carlos?

—Sí, ya estaba llegando a Madrid. En cuanto venga el mensajero, me voy a enseñársela.

—Estará deseando verla.

—¡Ansioso!

Mientras esperamos tomando el café, hablamos de Martín Gracia, que ya está preparando un segundo libro.

En esta ocasión será uno de no ficción en el que contará curiosidades del mundo del fútbol. Su novela sobre el enano está vendiendo lo suficiente como para que a Uriarte le interese seguir publicando con él, aunque Martín no gane lo necesario con los libros como para vivir sólo de esto. La verdad es que ésa es la situación de la mayoría de escritores.

—¿Doña Ana? —me dice el portero desde la puerta de la salita.

—Pasa, Manolo.

—Un mensajero acaba de traer esta caja.

—Sí, la estábamos esperando.

—¡Por fin! —dice Luisa, entusiasmada.

La abro. Dentro hay cinco ejemplares de la novela que nos han hecho llegar desde la imprenta. Siempre es emocionante tocar los libros por primera vez. Hasta ese momento has leído los textos en la pantalla del ordenador o en folios y has visto pruebas de las portadas en papel, pero cuando por fin tocas el libro recién salido de la imprenta es cuando todo el proceso tiene sentido. No sé cómo será este negocio cuando todo sea virtual, pero sé que me va a gustar menos.

—¡Ana! —me dice Luisa, tocándome el hombro—. Te está sonando el móvil.

—¡Ah, sí! —respondo saliendo de mis pensamientos con el libro en mis manos—. ¿Diga?

—¡Mamá!

—¿Ya has llegado?

—Estoy entrando en Madrid. ¿Voy a la editorial?

—No. Vete mejor a mi casa. Yo salgo hacia allí.

—¿Ha llegado ya el libro?

—Sí, lo tengo en las manos.

Cuelgo con Carlos y doy el último trago al café. Luisa me da un beso para despedirse.

—¡Corre, vete a celebrarlo con él!

—¡Gracias, Luisa! Esta tarde no vendré. Así que, hasta mañana.

Cuando salgo del ascensor, me doy cuenta de que Carlos ya ha llegado. Tiene llave de mi casa, como la tenía de la de su padre. Está en el sofá viendo la tele. Al entrar, la apaga y se levanta para besarme.

—¡Déjamelo! —me dice, quitándome el ejemplar de mi mano—. ¡Cómo mola la portada!

—¡Carlos, siéntate! Tengo que contarte algo.

—¿Qué pasa? —pregunta mientras hojea el libro.

Carlos empieza a leer la segunda parte de la novela. Le dejo hacerlo.

—¿Dónde está lo que yo he escrito?

—Toma —le digo—, quiero que leas esto.

—¿Qué es?

—La carta que me hizo llegar tu padre antes de morir.

No ha sido fácil contarle la verdad. Carlos y yo llevamos un rato callados. Del cajón en el que lo dejé, he sacado su manuscrito encuadernado con canutillo negro y tapas azul clarito y se lo he devuelto.

Carlos sostiene la carta de su padre entre las manos. Juega con el folio, que dobla y despliega constantemente.

—¿Alguien más lo sabe? —Es su preocupación.

—Nadie. Sólo lo sabemos tú y yo.

Le ofrezco un cigarro. Yo sostengo otro entre los dedos.

—¿Tienes fuego?

—Sí.

Carlos me deja su mechero. Le doy fuego, enciendo mi cigarro y le quito la carta de las manos.

—Éste será nuestro secreto —le digo mientras prendo fuego a la carta.

Carlos y yo vemos cómo el papel se consume encima de la mesa de cristal.

… Ana, quiero que seas tú quien termine la novela. Eres la única que puede hacerlo.

Un beso, Carlos.

AGRADECIMIENTOS

A Miryam, por regalarnos tu talento y ser ojos, cabeza y corazón de esta novela.

A Olga, por estar siempre tan cerca del suelo y darnos seguridad. Si hubiera más personas como tú, la vida sería más fácil.

A Augusto, por encontrar un hueco en tu agenda y aceptar con valentía el reto de las últimas cinco semanas.

A Ruth, Carmen, la Rayo y Patricia, porque sus opiniones han hecho mejor esta novela. En especial a ti, ¡rubia!

Impreso en Liberdúplex, S. L.
Ctra. BV 2249, km 7,4 (Polígono Torrentfondo)
08791 Sant Llorenç d'Hortons (Barcelona)